異世界で創造の料理人してます 3

A L P H A L I G H T

舞風慎
Maikaze Shin

ミカン
アルノ村の少女。
村で一番の
料理上手。
エリ
狐族《きつねぞく》の女の子。
シンの妻として
旅に同行する。
フドウ シン
異世界を巡《めぐ》る旅に
出た、地球出身の
若き料理人。

ドリ
おしゃべりで食いしん坊な森の妖精。
カイト
ふさふさ尻尾と垂《た》れ耳が特徴《とくちょう》的な犬族の少年。
マイ
しっかり者なアライグマ族の女の子。
クウガ
元気いっぱいで生意《なまい》気《き》な豹《ひょう》族《ぞく》の少年。
Isekai de Sozo no Ryorinin Shitemasu.
CHARACTER

1

俺の名前は不動慎《ふどうしん》。料理人だ。

ある日、仕事が終わっていつものようにベッドで寝ていたはずの俺は、いつの間にか異世界に迷《まよ》い込み、森の中で立ちつくしていた。そこに偶然《ぐうぜん》通りかかったAランクの冒険者兼《けん》料理人であるスズヤさんが案内してくれたのが、ここ、料理の聖地と呼ばれる街だった。

創造召喚《そうぞうしょうかん》という、地球のものをなんでも持ってくることができる魔法と、無限のMP。

この二つのチートをいつの間にか手にしていた俺は、地球で経営していた自分の店を丸ごと召喚し、この街で営業を始めた、というわけだ。

さて、そんな俺は今、料理の街の大通りを歩いている。そして隣《となり》を歩くのは、ご機嫌《きげん》な様子で狐耳《きつねみみ》を動かしながら尻尾を揺《ゆ》らす、俺の妻のエリだ。

彼女は元々、従業員確保のために購入した奴隷《どれい》だった。戦闘が得意な狐族《きつねぞく》出身の獣人なのだが、一族で落ちこぼれ扱《あつか》いされていた彼女は家族に捨てられ、奴隷になってしまったらしい。そんな境遇《きょうぐう》にあった彼女を俺が購入したわけだが、可愛《かわい》い笑顔と丁寧《ていねい》な接客で、あっという間に店に欠かせない中心メンバーとなった。

「シン様、まずはどこへ向かいましょうか？」

エリがこちらに顔を向けて尋《たず》ねかけてくる。

「そうだな……まずは予定通り、防具屋に向かうことにしよう」

俺の言葉に、エリは笑顔で頷《うなず》いてくれた。

何故《なぜ》防具屋に向かうのかというと、これから俺たちはこの料理の街を離《はな》れて、旅に出るからだ。

俺がこの世界に来てそれなりの時間が経《た》ったが、この世界の食材を使った料理は、実はそんなに作っていない。

店で出していた料理の多くは、地球のレシピと地球の食材で作ったものなのだ。リンゴに似た果物であるモンスターフルーツを使ったモンフルヨーグルトや、ムーンベアーを使ったムーンベアーの赤ワイン煮など、異世界食材と地球レシピを組み合わせたメニューもあるにはあった。ただ、その種類は多くなかった。

せっかく異世界にいるのだから、この世界にしかない食材を使って、もっと美味《おい》しい料理を作りたい。

そう考えて、旅に出ることを決めたわけである。

「それにしても、ルミにお店を任《まか》せてしまってもよかったのでしょうか。アカリさんもいるので大丈夫だとは思うのですが……」

エリが不安げな表情を浮かべながら呟《つぶや》いた。

ルミとアカリというのは、俺たちが旅に出るにあたって、店を任せてきた従業員の名前だ。

ルミは、冒険者として従業員募集の依頼を受け、俺の店で接客員として雇《やと》うことになった猫耳族の女の子。いつも元気いっぱいなのだが、少し抜けているところがあるので、同じ接客員だったエリとしては不安なのだろう。

アカリは、この世界で三人しかいなかったレベル4の魔法の使い手であり、その中でも一人しかいない空間魔法の使い手だ。うちの店で食べたオムレツに一目《ひとめ》惚《ぼ》れして、俺に弟《で》子《し》入りを志願してきた。初めのうちは慣れない地球のレシピを覚えるのに苦戦しているようだったが、みるみるうちに成長し、今では副料理長として、俺たちが旅に出ている間の厨房《ちゅうぼう》を任せられるほどの実力をつけている。

「二人ならきっと大丈夫だ、他の従業員もいるしな。それに、いつだって空間魔法で戻ってこられるんだから、そんなに心配しないでいいさ」

俺はそう言ってエリの肩を叩く。

現在の俺の店では、ルミとアカリ以外に、合計五人の従業員を雇っている。よほどのことがない限り、営業できなくなるようなことはないだろう。

それに、今の俺はアカリに教えてもらった空間魔法を覚えている。かなり特殊な発動方法なので、俺とアカリ以外で空間魔法を使える人間はいないはずだ。

その空間魔法には、物を別空間に収納するという能力以外に、一度足を運んだことのある土地のみという制限はあるが、MP消費量に応じた距離《きょり》だけ、一瞬で移動できるという能力がある。そして俺のMPは無限なので、どんなに遠くにいたとしても、いつでもこの料理の街に戻ってくることができるのだ。

「……それもそうですね。皆のことを信じましょう」

エリはそう言ってもう一度頷いた……確かに俺としても、店がトラブルに巻き込まれないか心配ではある。

そうそう、トラブルといえば忘れてはいけないのは、地球から召喚された勇者シズカとその一行が店にやってきたことだな。

彼女は魔法都市アンセルブルで召喚された勇者で、俺と同じ日本の出身の黒髪美少女だ。

魔王討伐《とうばつ》のため、俺に弟子入りしていたアカリにパーティに入るよう勧誘しに来たのだが、俺もアカリも拒否《きょひ》したことで、何故か決闘することになってしまった。最終的には俺たちが勝利して、勧誘を諦《あきら》めた勇者たちは魔王を倒すために街から出て行ったんだけとな。

アカリがレベル４の魔法使いである以上、また似たようなことが起きてもおかしくはないんだよな……まあ、アカリのことだから大丈夫だとは思うけど。

そんなことを話しながら歩いているうちに、俺たちは防具屋の前に辿《たど》り着く。

この防具屋は大きい店ではないが、俺のレストランに来ていた冒険者が度々《たびたび》話題に出していた店なのだ。

冒険者というのは、ギルドから依頼を受けてモンスターの討伐や素材の収集、旅人の護《ご》衛《えい》などを行う、この世界ならではの仕事だ。俺も冒険者としてギルドに登録しており、現在ではBランクにまで上がっている。

そんな俺の今の格好は、この世界に来て少しした頃に買った装備で、防御力がかなり低い。そもそもエリにいたっては、ちゃんとした防具ですらなく普段のメイド服だ。一応これで狩りに行ったこともあるにはあるが、長旅となると危険な目に遭《あ》うこともあるだろうから、ここでしっかりしたものを買っておきたい。

何よりも安全に旅を終えることが一番大事だからな。

俺とエリは、迷いなくその防具屋に入る。

お金はたんまりあるから、ケチケチせずに性能のいいものを買おうと思っていた。

俺が欲しいのはいわゆる軽装備のものだ。基本的には創造召喚魔法で持ってきた拳銃《けんじゅう》を武器に、機動力を活《い》かして戦うのが俺のメインの戦闘方法になる。というわけで、フルアーマーなどの重くて動きが阻害《そがい》されるものは候補から除外《じょがい》だな。

エリの方も軽装備を望んでいた。なんならお揃《そろ》いがいいと言っているのだが、それはなるべく避《さ》けたいところだ。恥《は》ずかしいし。

店の奥には、立派なヒゲを生《は》やした、頑固《がんこ》そうな背の低い爺《じい》さんがいた。あの背の低さとヒゲは、ドワーフだろう。初めて見たな。

俺はそこらへんに飾《かざ》っている防具には目もくれず、迷いなくそのドワーフの方に向かう。防具の目利《めき》きなんてできないから、オススメの防具を店の主人に直接聞いた方が早いと考えてのことだ。

「いらっしゃい、何をお探しで？」

ドワーフの爺さんはこちらをろくに見ずに言い放つ。なんともぶっきらぼうな態度だが、気にしないことにした。不機嫌な様子ではないし、歓迎されていないような雰囲気《ふんいき》でもないので、大丈夫だろう。

「この店にある軽装備のもので一番性能がいいやつを、男女用それぞれ欲しいんです。値段は気にしないので何かありませんか？」

「……了解だ。少し待ってな」

俺たちの方をチラリと見たドワーフは、そう言葉を残して店の奥に入っていった。

ガサゴソと音が聞こえてくるあいだ、陳列《ちんれつ》してある商品を眺める。品揃《しなぞろ》えはなかなかのもので、初心者向けに見える革の胸当てから豪華《ごうか》なつくりの金属鎧《きんぞくよろい》まで揃っていた。

しばらくそうしていると音が止《や》み、ドワーフの主人が両手にそれぞれ防具を持って戻ってきた。

「ほらよ。これがうちの店で扱っている軽装備の中で、一番いいやつだ。それなりの値段はするが、どうする？」

そう言って俺の方に差し出されたのは、真っ赤《まっか》な防具だった。

使われているのはどうやらモンスターの鱗のようだ。胴の部分を着てみると、動きを阻《そ》害《がい》することもなくしっくり体にフィットする。ついでに籠手《こて》や脚部も装備してみた。

着てみてわかったのだが、ただ真っ赤なだけではなく、ところどころにラインが入っていて、かなりかっこいい。籠手や脚部の着け心地《ごこち》にも違和感《いわかん》はなく、動きやすそうだ。

確かにお値段は若干《じゃっかん》張るが、せっかく装備を新調《しんちょう》するんだからいいやつを買ってもいいよね……？

一方エリも、俺が悩《なや》んでいるうちに、試着室を借りて差し出された防具に着替えてきたみたいだ。

ひらひらのスカートにギリギリの太ももライン。黒の服装と真っ白なエプロンが絶《ぜっ》妙《みょう》……ってほとんど変わっていないじゃないか!!

そう、エリに出された防具はメイド服だった。意味がわからない。ドワーフの爺さんがただ着せてみたかっただけなのでは？　とそちらを見るが、表情は変わらず無愛想《ぶあいそう》なまだ。

見た目が見た目だけに、防御力も不安になってしまう。

「本当に大丈夫なんですか？」

「なんだ、疑《うたが》うのか？　それならこの鉄の剣で軽く切ってみればいいさ。怪我《けが》するのが不安ならポーションを置いておくから勝手に使え」

そう言いながら鉄の剣を渡してくる爺さん。

これだけ自信満々ということは本当に安全なのかもしれないが、やはり心配だ。これで切りつけて、怪我をしたらどうするのだ。エリのことを傷つけるような真似《まね》は万が一にもしたくはない。

「大丈夫ですよ、シン様。着てみた感じでは、鉄の剣くらいなら簡単に防げそうですから」

どうしたものかと悩んでいる俺を見たエリが、そう言いながら腕を出してきた。

「……本当にいいのか？」

俺の問いかけに、エリは力強く頷く。本人が大丈夫と言うなら、やってみるしかない。

「じゃあ、いくぞ」

エリの出してきた腕、手首に巻かれた布の部分に剣を当てた俺は、強く引いた。

その箇所を恐る恐る確認してみると……切れるどころか傷すらついていなかった。

驚愕《きょうがく》している俺を見て、ドワーフの爺さんが口を開く。

「その服は、頑丈《がんじょう》なことで有名なオカシロハガネというモンスターから採《と》れる糸で編《あ》んである。そんじょそこらの攻撃では傷一つつかない逸品《いっぴん》だ。だが、その見た目のせいで買うやつがいなくてな。今回は、嬢《じょう》ちゃんが元々この装備と同じような服装をしていたから持ってきたってわけだ」

このドワーフの爺さん、接客態度はぶっきらぼうだけど、わかりやすく丁寧に説明してくれるし、結構いい人なのかもな。

「俺の防具は？」

「ああ、そっちは火竜の鱗を使った防具だな。火に耐性があって軽く、何よりも丈夫だ。

うちの軽装備の中じゃ、最高級のものだな」

防具について聞くと、即座に答えてくれる。やっぱりいい人だ。

俺たちは着けている防具をそのまま買うことに決めて、お金を払う。店に入る前はお揃いがいいと言っていたエリも、満足している様子だった。

「エリ、その装備でいいのか？」

「そうですね、お揃いにできなかったのは残念ですが、このデザインが気に入りました！」

エリはそう言いながら、その場でくるりと回った。

そんなにメイド服を気に入っていたのだろうか？

「毎度あり」

カウンターを離れようとする俺たちを見たドワーフの爺さんは短くそう言うと、もう用はないとばかりにこちらから視線を外し、新聞を手に読み始めた。この世界にも新聞があるんだなと思いながら、俺は防具屋を出る。

さあ、これで装備は整《ととの》ったな。後は冒険者ギルドに立ち寄ってお世話になった受付嬢のカオルさんに挨拶《あいさつ》してから、この街から出ることにしよう。

運が良ければスズヤさんにも会えるだろうけど……彼女は人気《にんき》料理人だしAランク冒険者としても活動しているので、ギルドにいるとは限らない。もし会えなかったら、カオル

さんに伝言を頼《たの》んでおけばいいだろう。

ギルドへ向かって歩いていると、道行く人がチラチラとエリを見てくる。

確かにエリは可愛いし目を奪《うば》われるのもわかるが、俺の妻を不埒《ふらち》な目で見るやつは許せん。

ということで、視線を向けてきた男たちを軽く殺気《さっき》を込めて睨《にら》みつけてやると、一瞬ビクッとした後に視線を逸《そ》らして、何事もなかったかのように去って行った。

まったく、変な虫がつかないようにしておかないとな。

ちなみに、殺気というのは比喩《ひゆ》でもなんでもなく、MPを相手に向かって飛ばす、れっきとした技のことだ。MPを多く込めることで、相手を動けなくすることもできる。

そうしているうちに、あっという間にギルドに着いた。

ギルドの中は、まだ午前中であるにもかかわらず酒を飲んでいる冒険者がいたり、受付の前でどのクエストを受けるのか考えている冒険者がいたりと、いつもと変わらない風景だ。

そんな彼らの横を通り過ぎる際、俺の姿を見てぎょっとした様子を見せるやつらが多く、遠くにいるやつらも、遠巻《とおま》きにこちらを眺めていた。

まるで、俺がどんな人間なのか知っているような雰囲気だ。ギルドにはほとんど来ていないはずなのに、どうしてだ？　特に心当たりもないぞ。

考えても答えは出そうにないので、俺は周囲の視線を無視することに決めると、辺りを見渡してお目当ての人物を探し始める……と、すぐに見つかったので、そちらへと足を向けた。

「お久しぶりです。カオルさん」

「お久しぶりね、シンさん。今日はどんなトラブルを持ち込みに来たの？」

俺が受付業務をしているカオルさんに声をかけると、彼女は営業スマイルを浮かべてそんなことを言ってきた。

「いやいや、ギルドをトラブルに巻き込んだことなんてないですよ？　そもそも自分からトラブルに巻き込まれに行ったことすらないです」

「あら、そう？　大事な大事な奴隷を連《つ》れ去られて、夜中にギルドに駆《か》け込んできたのはどこの誰でしょう？」

「それは俺ですが……この場じゃたいしたトラブルなんて起こしてないでしょう？　ただ情報を聞いただけですし」

「自覚はしてないようね……ギルドに入って気づかないの？　周りから視線を感じるでしょ？」

「確かに感じてますけど」

皆が俺のことを知っているかのような雰囲気はあるが……その理由がいまいちわかっていない。

「今ね、シンさんは二人目の勇者なんじゃないかって言われているの」

「はぁ⁉ なんでですか⁉」

「ほらあなた、エリちゃんが誘拐《ゆうかい》されて駆け込んできた時、殺気を振りまいてたでしょう？ あの時のアレが原因よ。とんでもない殺気を放つって噂《うわさ》が広がって、もしかしたら勇者並の力を持ってるんじゃないかって言われているわ。本物の勇者があなたの店に行ったことも広まってるしね。逆に、力がありすぎるのは魔王だからなんじゃないかって言う人もいるみたいだけど……ま、今のところは勇者説が正しいとされているわ」

「正しくないです」

「でしょうね……でも、噂は一度広まったら、取り消すことはほとんど不可能よ。噂は噂として、受け入れるしかないわね」

諦めろってことか。

何一つ事実に即していない勇者説なんて、迷惑にもほどがある。さらに魔王説まであるとは……いくら焦《あせ》っていたとはいえ、ギルド内で殺気を使ったのはまずかったな。

そんなことを考えながらしかめっ面《つら》をしていると、カオルさんが問いかけてきた。

「……それで、今回は何の御用《ごよう》で？　記憶喪失《きおくそうしつ》というのは嘘《うそ》でしたと言われても今更《いまさら》よ」

「まだ記憶は戻っていませんよ」

俺は自分が異世界人だとバレないように、ごく一部を除いたこの世界の人たちには、記憶喪失ということにしてあるのだが……嘘がバレるのも時間の問題だと思う。

あれほど派手《はで》に店を繁盛《はんじょう》させていたら、記憶喪失だなんて言われても疑わしいよな。

「ギルドとしては、冒険者の過去に関して詮索《せんさく》することはルール違反になるから、黙《だま》っていても結構よ。どこぞの貴族様でも、身分を隠《かく》して冒険者をしている人もいるしね」

「それなら安心ですね」

思わずそう返してから気がついた。安心って、自分は隠し事をしていますって言ってるも同然じゃないか。

それでもカオルさんは何も言わない。本当に、過去について追及《ついきゅう》しないルールがギルド内ではあるようだな。

「それで、今日来た理由ですけど。旅に出るから挨拶をしておこうと思ってきたんです」

「旅？」

想像もしていなかったようで、カオルさんは首を傾《かし》げる。

「自分の料理を見つける旅ですね。この街じゃ手に入らない食材も見てみたいと思って」

この世界の食材で新しい料理を……なんて言ったらさすがに怪《あや》しまれるだろうからな。

「店はどうするの？」

「従業員に頼んできたから大丈夫ですよ」

「へえ、立派になったわねえ」

言いながら、カオルさんはエリの方をちらりと見る。

そういえばさっきからエリが一言もしゃべっていないが大丈夫だろうか。そう思って彼女の方を見ると、にっこりと微笑《ほほえ》んでいる。ただなんとなく目が笑っていないような気がして怖《こわ》かったので、手を握《にぎ》ってあげると頬《ほほ》を赤くした。

「あらあら、相変《あいか》わらずおアツいことね」

一部始終《いちぶしじゅう》を見ていたカオルさんが俺たちを冷やかしてくるので、エリはますます真っ赤になってしまう。

それからは、初めて俺がこのギルドに来た時のことや、カオルさんたちを店に招待した時のことなんかを話したりして、あっという間に時間が過ぎていった。

「そういえば、スズヤさんにも挨拶しておこうと思っていたんですけど……」

「あら、そうなの？　彼女なら、今日は街にいないはずだから会えないわね」

そうか、やっぱり忙しいのか。

「わかりました。それじゃあ、俺たちが街を出ることを伝えておいてもらっていいですか？　それと、お世話になりました、とも」

「わかったわ、伝えておくわね。でも、彼女はAランク冒険者として色々な土地に行っているから、依頼なんかで会うことだってあるかもしれないからね、その時は挨拶をしてあげなさいよ」

「ありがとうございます。もちろん、ちゃんとそうしますよ」

俺がこの街に来られたのだって、スズヤさんがいてくれたおかげだ。直接挨拶しないのは薄情《はくじょう》な気もするが、こればっかりは仕方ない。いつかどこかで会えるのを楽しみにしていよう。

後は……とカオルさんは言葉を続ける。

「帰ってきたら、私に料理を食べさせなさい。料理の腕がちゃんと上がったのか、見てあげるわよ」

「いや、それはカオルさんが食べたいだけじゃ……」

「見、て、あ、げ、る、わ」

俺の言葉を遮《さえぎ》ったカオルさんは満面《まんめん》の笑《え》みを浮かべているが、妙な迫力《はくりょく》があるな。

「は、はい、わかりました」

最後の最後に料理をする約束を取り付けられたが、カオルさんとの別れの挨拶を終えてギルドを出る。

これで、この料理の街を出る前に必要なことは終わりだな。

騎士団長で俺の店の常連のルイスにも挨拶をしておきたいが、さすがにアポもなしに会いに行くわけにもいかないから、断念《だんねん》する。

というわけで、門の方へと向かう俺とエリ。

門では、門番に冒険者のカードを見せるだけで街の外へ出られる。素材採取《さいしゅ》のために何度か街の外に出ていることもあって、今回も問題なく検問《けんもん》を通過した。

目の前に広がるのは草原。

行先である北西……魔法使いが集まるという噂の魔法都市アンセルブルの方角を見据《みす》えて、俺は一つ頷く。

「よし、行くか」

「はい、シン様」

エリの大きな返事とともに、俺たちは進み始めた。

2

しばらくのんびりと進み、街の門が小さくなって来た頃に、ふと俺は思った。

「エリ、魔法都市にはどれくらいで着くんだ？」

俺はどのくらい離れているのか知らなかった。

「このペースですと……一ヶ月もあれば到着すると思います」

「いや遠いわ‼」

エリの返事に、思わず大声でつっこんでしまった。

一ヶ月だなんて、歩いていられない。そんなに急ぐ旅ではないとはいえ、もっとサクサク移動したいのだが……これでは、他の目的地まで回っていたらとんでもない時間がかかってしまうぞ。

「今のペースがゆっくりすぎるというのもありますが……馬車を使えばもっと短時間で着きますし、かなり楽になるのではないかと」

「ああ、うん。そうだね」

今更感があった。なんで気づかなかったんだ、俺。

今から街に戻って馬車を借りるというのも、何だか面倒くさい。それに、お別れの挨拶をした人に会おうものなら、気まずくなるのは目に見えている。

「どこか村はない？　そこで馬車を調達しよう」

「村ですか？　一番近いところですと……ここから八〇キロほど進んだところに、アルノ村という村があるみたいですね。今のペースで街道沿《ぞ》いに歩いて行けば、三日ほどで着くとは思いますが」

俺の質問に、エリはどこから取り出したのか地図を広げて、指を差しながら教えてくれる。

それにしても、一番近い村まで三日か、遠いな……

一応、テントだったり野宿の準備だったりは空間魔法で収納して持ってきているとはいえ、一番近い村がそこまで遠いとは思っていなかった。いや、一切下調《いっさいしたしら》べしてなかった俺が悪いんだけどさ。空間魔法でいつでも帰れると思って気を抜いてたな。

しょうがない、いっちょ時間短縮《たんしゅく》をしますか。

「それにシン様、村に着いてもですね、馬車があるとは……キャッ」

未だに地図とにらめっこしていたエリから、可愛らしい声が漏《も》れた。

丈夫みたいだな。


「シ、シン様。は、恥ずかしいです」

「少し我慢《がまん》しろ。このまま、移動するから」

今の俺は、いわゆるお姫様抱《だ》っこをしていた。

前に一度やった時は、あまりの恥ずかしさにエリが気絶《きぜつ》してしまったのだが、今回は大丈夫みたいだな。

とはいえ今回もかなり真っ赤になってしまっていて、そんな姿を見ているとこっちまで恥ずかしくなる。

「い、移動なら自分でできるので大丈夫ですよ？」

「違う違う。ペースを上げるから」

エリは恥ずかしさのあまりか下ろしてくれと頼んでくるが、そういうわけにもいかない。

俺は全身にＭＰを纏《まと》わせ、身体強化を施《ほどこ》す。

この身体強化とは、文字通り身体能力を強化する技だ。ＭＰを纏うことで、攻撃力から防御力まで上昇させることができる。

今回は主に足に強化を集中し、上半身には風の抵抗を減らすために軽めに張る。そして、お姫様抱っこしているエリも囲っていく。

実はこの身体強化という技は、自分の身体以外にもＭＰを纏わせることができるのだ。

例えば、俺がメイン武器にしている、地球から創造召喚で持ってきた銃。こいつに身体強化の要領《ようりょう》でMPを纏わせることで、通常の弾の威力《いりょく》が増し、さらにはMPを圧縮《あっしゅく》して魔力弾として撃《う》つこともできる。

そのことが判明した際、武器にも適応するということは、防具やそれ以外でも身体に触《ふ》れているものならば、身体強化の能力の効果が及《およ》ぶのではと俺は考えた。

そして実際にやってみたところ、他人でも触れている間であれば身体強化が可能になったのだ。

今回もそれを応用してエリに身体強化を施したというわけだ。何故かというと……

「飛ばすよ」

「ま、待ってください‼　そういうのはあらかじめ言ってくれないと……」

「ほれ」

「きゃぁぁぁぁぁぁぁぁぁ‼」

エリに一声かけた俺は、右足に体重を乗せて一気に地面を蹴《け》る。

『走る』というよりも、どちらかといえば『飛ぶ』に近い状態で、たった一歩で数メートル離れた場所に移動する。

移動しては蹴る、移動しては蹴る……と繰《く》り返すことで、どんどんと進んでいく。

さっき地図を見た感じだと、街道は曲《ま》がりくねっているところがあるため、村の方角にまっすぐ進んで行けば多少は距離を節約できそうだ。

エリは一度叫んだ後は、ぎゅっと俺の首に手を回してくっついてきた。

当然、顔と顔の距離が近づいてくる。いつもならドギマギしているところだが、俺は気にしない、というかそんな余裕はない。何故ならば、ドギマギ以前に……

「エリ！　もう少し離れてくれ！　苦しいから、苦しいから‼」

首を絞《し》められていた。

そうして時々街道から逸《そ》れつつも移動を行うこと、半日。日も傾《かたむ》き始めようかという頃に、俺たちは目的の村の近くまで来ていた。

ここまでは他の旅人や冒険者とすれ違うこともなかったので走り続けてきたが、そろそろ人の目もあるだろうからということで、現在はエリを下ろして一緒に歩いている。

そのエリだが、大変ご機嫌ナナメなようです。

「すまない、エリ」

「シン様はもう少し私のことを考えてください。怖かったんですよ」

「時間を短縮しようと思ってやったことだったんだ……」

「まったくもう、これからはもっと私のことを考えてくださいね？」

「ああ、わかった。気をつけるよ」

「約束ですからね？」

そう言うと、エリはご機嫌な様子で鼻唄《はなうた》を歌い出した。

なんだかあっさりすぎる気もするが、気まずい空気のままというのも嫌なので、とりあえずよかった。

「それにしても、ここまで全く他の人とすれ違わなかったな」

「そうですね。人通りが多い街道ではないとは思いますが、ここまで誰もいないとは……」

「何度か街道から逸れたから、そのタイミングで気づかないうちにすれ違ってた、ってこともあるかもな……お、どうやらあれのようだな」

話しているうちに、街道の先に木の門が見えてきた。

料理の街の門に比べると、かなり小さく、村の周りの囲いも木で作られた簡単なものだ。

門の前まで移動したところで違和感があった。

「あれ、門番がいないな……」

「門も開いたままですよ」

門の近くにいるはずの門番の姿がなかったのだ。さらに、門自体も開けっぱなしになっている。

来るもの拒《こば》まず的な方針をとっている村なのかもしれないが、門番がいないのはさすがに不用心ではないだろうか。

これは、何か事件が起きているという可能性もあるな……

「ここで悩んでいても仕方ない、とりあえず入ってみるか」

「はい」

俺たちはそのまま門を潜《くぐ》り、中へ入って行く。

村の中、路上には誰もいない。家の中にいるのか……それとも、人間は誰もいないのか。

「シン様。ドアをノックしても反応がありません。誰もいないようです」

「そうか」

エリが何軒《なんけん》か訪ねてみたが、どこも一切反応がなかったようだ。

これはいよいよ、きな臭くなってきたな。

「とりあえず、もう少し探索《たんさく》するか」

俺たちは、誰もいない村を一通り歩いてみることにした。

村といってもたいして大きいわけでもない。そう時間がかかることもなく、見て回ることができるだろう。

村の中心と思われる方向へ歩いて行くと、ここまで見てきた家よりもひときわ大きくて立派な家が見えてきた。

もしかするとこの中に人が集まっているかもしれないなと思いつつ、ドアをノックしてみる。

コン、コン、コン。

「すみません。誰かいませんか？」

三秒ほど待つが返事はなく、俺はエリと顔を見合わせる。

ここにも誰もいないのか、そう思った時……

ガチャ。

ドアがいきなり開き、その隙間《すきま》から鉄の兜《かぶと》と鎧をつけた青年がこちらを覗《のぞ》いてきた。

村の中でも鎧を装備しているということは、この青年は門番か何かなのだろうか。

「冒険者の方ですか？」

「まあ、一応そんなところです」

「……少し待ってください」

青年はそう言い残してドアを閉める。

しばらくのあいだ中から話し声が聞こえてきて、それからもう一度ドアが開けられた。

「お待たせしました。中へどうぞ」

部屋の中は人でいっぱいだった。おそらく、村中の人たちがこの部屋に集まっているのだろう。

中央にはテーブルがあり、部屋の一番奥には中年の男性が座っている。

「前の方へどうぞ。村長が、話があるそうです」

先ほどの門番らしき青年が、奥の中年男性を手で示しながらそう言ってくる。

彼が村長さんなのか。そう思いながら俺は前の方へと進む。

部屋の中を進むたび、村人の視線が俺たちに集まる。

ギルドで皆から見られていた時とはまた違った居心地《いごこち》の悪さがある。全く知らない土地で、全く知らない人間から凝視《ぎょうし》されると、こんなに落ち着かないものなのか。

俺は堂々と振舞うようにしていたが、内心では動揺《どうよう》していた。同じく視線を集めているエリは、俺の後ろに隠れながらついてきている。

それにしても……村の人の様子が少しおかしいような気がする。なんとなく痩《や》せ細って目が血走《ちばし》っているように感じるが、気のせいだろうか。

「アルノ村へようこそ、冒険者殿《どの》。私はこの村の長《おさ》のウスマンです」

「お初にお目にかかります。冒険者をしているシンと申します。こちらは妻のエリです」

「シン殿、エリ殿、よくぞこの村においでくださりました。ゆっくりしていってください、と言いたいところなのですが……」

村長さんは言葉を濁《にご》した。何か言い辛《づら》いことでもあるのだろうか。

「何かあるのですか？」

このまま待っていても埒《らち》が明かなそうなので、こちらから聞いてみる。

「……ええ、せっかく村に来てくださった方にお聞かせするような話ではないのですが、聞いていただけますでしょうか」

村長さんはそう前置きして、この村の状況を教えてくれた。

周りの村人たちを見て、なんとなく予想をしていたが、まさに想像通りだった。

簡単に話をまとめると、この村は現在、深刻な食料不足に陥《おちい》っているとのことだった。備蓄《びちく》してある食料を村人全員に配《くば》っても、せいぜい三日持つかどうかの瀬戸際《せとぎわ》。

これまでもかなりギリギリな食生活を送っていたようで、満足な食事を取れていなかったようだ。村人たちがどこか痩せ細って見えたのは、そのせいだった。

いくらなんでも備蓄が少なすぎる気もするが、なんでも理由が二つあるらしい。一つ目はモンスターによる食料の強奪《ごうだつ》、二つ目は貴族による徴発《ちょうはつ》だ。

どうやらそのモンスターは、人間は襲《おそ》わずに食料のみを奪っていき、積極的に攻撃してくることはないらしい。動きも素早く、平然と柵《さく》を乗り越《こ》えていくそうだ。村人も警戒《けいかい》しているものの、襲撃《しゅうげき》は夜に多く、闇夜《やみよ》に紛《まぎ》れて食料を奪われる、ということを繰り返していて、つい昨日もいつの間にか奪われてしまったと言っていた。

話を聞く限りは猿《さる》っぽい印象だが、猿の魔物とかなのだろうか？

貴族の方は、お金も払わずに食料をかっさらって行くようだ。基本的に自給自足の生活様式を取っているこの村にとって、こうした微発は致命的《ちめいてき》だ。しかも今回は、普段以上に食料を持っていかれた上に、人手不足だと言って村の男性の大多数を連れて行ってしまったらしい。先ほどの鎧の青年だけは門番ということで連れていかれなかったが、その他に残っている男は老人と子供、または持病のある者ばかり。こうなってしまっては狩りにも行けず、街道の危険性から街への買いつけも行けずと、食材を調達する手段が失われてしまっている。

貴族のところへ抗議《こうぎ》しに行くのはそう簡単なことではないし、さらにその貴族が用心棒《ようじんぼう》としてAランクの冒険者を雇ったという噂もあり、諦めるしかないようだった。

そしてこの先どうするのか、この村長さんの家に村人全員で集まって会議しているところに、俺が現れたというわけだ。

話を聞き終えた俺は、顎《あご》に手を当てながら考え込む。

「なるほど、そういうことでしたか……」

「シン様、なんとか助けてあげられないでしょうか」

エリが俺の服の袖《そで》を引っ張りながら、小声で告《つ》げてくる。

そんな俺たちの様子を見た村長さんは、拳《こぶし》を握りしめながら頭を下げてきた。

「シン殿、大変言い難《にく》いことではありますが、どうか、食料を恵んでくれませんか？」

「いいですよ」

「そうですよね、それはさすがに……えっ？」

村長さんは、俺の返事が想像していたものと違ったようで、聞き返してきた。

「いいですよ。食料を提供します」

「あ、ありがとうございます！　ですが本当にいいのですか？」

「はい。ただ、条件があります」

ここで見返りなくお願いを聞いてあげるほど、俺はお人好《ひとよ》しじゃない。

というわけで、無理のなさそうな範囲で条件を出すことにする。

「その条件というのは？」

「お金はいらないので、馬車と馬をいただきたいんです」

おずおずと聞いてきた村長さんに、はっきりとそう伝える。

そう、そもそもこの村に来たのは、馬車を確保するためだ。

村に着いたはいいものの、どうやって手に入れるのか考えていた俺にとって、この展開は非常に好都合だった。

普通に買おうと思ってはいたが、食材を提供するだけでいいなら、創造召喚で持ってきたものを渡せばいいのだから、実質タダだ。地球の食材だけでは怪しまれるだろうから、料理の街で仕入れて空間魔法でストックしてあるこの世界の野菜たちも一緒に出す必要があるかもしれないが、その仕入れ値だって、今の俺の財産からすればたいして痛くない。

それに、これだけ困窮《こんきゅう》している人たちからお金をもらうのも罪悪感があった。

ちなみに、この村へと移動している最中、創造召喚を使って地球から馬車を持ってくることも考えた。

ただ、馬車だけ召喚しても引いてくれる馬がいないし、地球の馬車がこちらと全く同じとは限らないので、下手《へた》をすれば大騒ぎになりかねない。というか、そもそも馬車について詳《くわ》しくもないため上手《うま》くイメージできないだろうから、持ってくることは不可能だろう。

「あの……一ついいですか？」

俺の要求を聞いた村長さんは、一瞬固まった後、手を挙《あ》げて聞いてきた。

「どうぞ」

「馬車はお持ちでない、ということですか？」

「はい？　持っていませんよ？　なので欲しいのですが……」

どういうことだ？　俺は村長さんの質問の意図がわからなかった。

持っていないから欲しいと言っているのに、何故そんな質問を……

村長さんは一度目を閉じると、先ほどの鎧の青年に声をかける。

「カイ。この人たちを帰らせてくれ」

「わかりました」

あの青年、カイって名前なのか。いや、そんなことより、今なんて言った？

俺が目を見開いていると、カイがこちらへと向き直って口を開く。

「すみません、シンさん。この村からすぐに出て行っていただけますでしょうか」

「どうしてです？」

急な申し出に、俺は困惑してしまう。さっきまでは歓迎ムードっぽかったのに、急にどうしたんだ。

「それは、シンさんには食料がないからです」

「いえ、持っていますが……」

「おそらくお持ちの荷物の中に入っているのでしょうが、一人二人分ではダメなんです。

せめて、この村の全員に配れるくらい、欲を言えば一週間分はないと……」

そこまで言われて、俺はようやく村長さんが急に態度を変えた理由がわかった。

そうか、俺たちが食料を持っていないと思われているのか……確かに、馬車もない以上は今の手荷物が全ての荷物だと思われてもしょうがない。

そんなやつが食料を提供すると言ったって、たいした量を持っているわけがないのだ。

それで、見返りとして馬車と馬を要求されても、釣《つ》り合いが取れるわけがない。

「村長さん」

「なんでしょうか、シン殿……たとえ脅《おど》されても、村の代表として引きませんぞ」

どんな風に思われているんだ俺は……

「少し時間をいただいてもいいですか？　俺たちが食料を持っている証拠《しょうこ》をお見せしますので」

俺はそう言って、エリを連れて家を出る。

村人たちは怪訝《けげん》そうな表情を浮かべているが、気にしない。

そのまま、村長さんの家のドアや窓からは絶対に見えない位置まで行ったところで、俺は創造召喚を発動した。

今回持ってきたのは、ジャガイモや玉ねぎ、肉など、この世界でも似たようなものがある食材だ。怪しまれないように、この世界の野菜なんかもしっかりと混ぜておく。

「エリ、一緒に運んでくれ」

「はい」

とりあえず二人で運べる分だけ出したところで、村長さんの家に戻ることにした。

「お待たせしました」

「何……が……」

大量の食材を持って入ってきた俺たちを見て、村長さんが絶句《ぜっく》する。

ついさっきまでたいした荷物を持っていなかった俺たちが、こうも大量の食材を持ってきたのが信じられないのか、村長さんが固まっていた。他の村人たちも、目を見開いて驚《おどろ》いている。

「これでもダメでしょうか？　必要であればまだまだあるのですが」

食材を机にドサッと置いた俺は村長さんに問いかけた。

村長さんはハッと我に返ったかと思うと、ぶつぶつと呟きながら考え込み始める。

周りにいる村人たちはその様子をじっと見ているが、誰もしゃべらないせいで妙な圧迫《あっぱく》感《かん》があって息が詰《つ》まりそうだ。

「馬車がないと言っていたのに、これだけの量をどうやって……いや、聞かない方がいいのでしょうね」

村長さんは首を振ってため息をつく。

「そうですね、冒険者には、一つや二つ秘密があるものですから」

「ええ……しかし、見たことない食材もあるようですね。タマクなんかに似ていますが、コレは……？」

そう言いながら村長さんが指差したのは、地球から持ってきた食材——玉ねぎだった。

さすがに気づくか。

「詳しいことは秘密ですが、珍《めずら》しい品種というだけで、タマクの一種ですよ」

まあ、味なんかも微妙《びみょう》に違うはずだけどな。

「そんなものまでお持ちなのですか……それにまだ食材があるなら、一週間は持ちそうじゃないか……？　それなら当初の予定通り依頼をしても……」

村長さんが再び、ぶつぶつと呟き始める。

なるほど、ようやく話が見えてきた。

「ええ、まあ。それで、これからのことですが……一週間、俺たちのことを雇いませんか？　元々、そうするつもりだったのでしょう？」

急な申し出に、村長さんは驚いた表情を浮かべる。

ついさっきカイが言った一週間分という言葉、そしてたった今の村長さんの言葉でピンときたのだ。

元々村長さんは俺たちを雇い、街まで買い付けを頼む予定だったのではないかと。

彼らが気にしている一週間というのはおそらく、街へと食材を買い付けに行くのに必要な日数だろう。街までは徒歩で三日の距離だから、行って買い付けをして戻ってきて、大体一週間だ。馬車ならもっと早いかもしれないが、道中何があるかもわからないから、余裕を見て一週間、というわけだな。

つまり彼らは、俺たちから一週間分の食材を買い、その後、別の依頼として食材の買い付けを頼むつもりだったのだろう。

そのことを伝えると、村長さんは頷いた。

「ええ、まさにその通りです」

よかった、予想が的中したみたいだ。

ただ、これだけは言っておかないといけないな。

「ただし、買い付けはそちらのカイさんにお願いしてください。俺たちが行ってしまうと、この食材を見たことない方はどう調理すればいいかわからないでしょう？　俺は冒険者ですが、料理人でもあるので、皆さんに教えながら調理すればいいと思うんです」

実際のところ、空間魔法を使えば一瞬で料理の街まで行って戻ってこられるが、そんなことをしたら怪しまれるのは目に見えている。

創造召喚で持ってきた食材を大量に売りつけることも一瞬考えたが、そんなことをしたら秘密がバレてしまうからできない。

「ふむ」

俺の提案に、村長さんは顎に手を当てて考え込む仕草《しぐさ》を見せ——

「ぜひ、雇わせてください」

にっこりと笑って手を差し出してきた。

「交渉成立ですね」

俺も微笑《ほほえ》みを浮かべ、差し出された手を強く握るのだった。

私、ウスマンは、村人全員を我《わ》が家に集めた会議を開いています。

現在村にいる人数はそう多くないため、一部屋に集めることができました。

いくら私が村長だとはいえ、なんでもかんでも勝手に決めるわけにはいきません。特に重要な決定をする時は、こうやって村人を集めて会議をするのが、この村の伝統なのです。

しかし今回に関しては、どうしても判断の難しい議題でした。

「食料が三日しか持たないんじゃぞ‼　今すぐに街に買い出しに行くべきじゃ‼」

「しかし、行くにしても、戻ってくるのに一週間もかかる。その間はどうしのぐんだ‼　それに、今この村にいる人間でまともに戦えるのはカイだけだぞ‼　カイを買い付けにやったとして、村の護衛はどうするんだ？」

「食料については、節約してどうにかやるしかない。村の護衛の方は、そうそう襲われる心配はないから大丈夫だ」

「節約して三日しか持たないのに、一週間も待てるのか？　大体、つい昨日食材を奪われたばっかりだってのに、襲われる心配がないなんてよく言えるな！　それならば、カイには村にいてもらって、ここを通る商人や冒険者に買い出しを頼んだ方が得策《とくさく》だ」

「それこそ、通るかわからない者たちを待つだけじゃないか！　どこが得策なのだ‼」

「しかし……」

こうして村の者たちの言い争《あらそ》いが続いています。

私は村長という立場である以上、両方の意見をしっかりと聞き、どう行動すれば村の人たちを守れるのか考えて決断しなければなりません。が、確かにどちらの意見にも一理あるため、判断に迷うところです。

私個人としては、冒険者も商人も通りかからずどうしようもなくなる、という最悪の事態を避《さ》けるためにも、すぐにでも買いに行かせるべきだと思っております。ただ、その間に村が襲われてしまってはどうしようもありません。

とはいえ、カイ以外が買い付けに行くのは現実的に厳《きび》しいのです。今村に残っているほどんどの者は戦えないため、道中で襲われようものなら、抵抗すらできず、そのまま帰ってこられなくなる可能性だってあります。

ですが、ずっと悩んでいるわけにもいきません。ここは村長として、多少強引でも決断すべき場面なのでしょう。

そう考えた私は、場を収めるために口を開きます。

「皆、私の話を……」

コンコン。

「誰かいませんか?」

丁度《ちょうど》その時、ドアがノックされました。

ドアの近くにいたカイに出るように目線を送ると、一つ頷いた彼はドアを少しだけ開きます。

その後、外にいた誰かと一言二言話をしたカイは、いったんドアを閉めてこちらへと歩いてきました。

「冒険者が二人来ております。一人は真っ赤な防具をつけた男性。もう一人はメイドでした」

「メイドか……派手な格好みたいだし、どこかのお坊ちゃまか？」

「いえ、そんな風には見えませんでしたが……それに、むやみやたらに暴《あば》れ回るような人間にも見えませんでした」

その言葉を聞いて、その冒険者を迎《むか》え入れるか、私は悩みました。

冒険者といえば野蛮《やばん》な人間が多いイメージがあるため、慎重《しんちょう》にならざるを得ないのです。

不用心に招《まね》き入れて、暴れられてはたまりません。

ただ、カイの言葉を信じるならば、そんな人間には見えないようですね。

「……いいでしょう。案内してください」

若干悩みましたが、このまま彼らを追い返したからといって村の状況が良くなるわけではないので、迎え入れることにしました。

もしかしたら、買い付けを頼んだり、食材を分けてもらえたりするかもしれないという、淡《あわ》い期待を込めて……

私の言葉に頷いたカイは、ドアを開けて二人の冒険者を招き入れます。家の中に入ってきたのは、言っていた通りの若い男性とメイドで、人が好《よ》さそうな見た目でした。

まずは挨拶を交わし、名前を教えてもらったのですが、終始《しゅうし》丁寧な対応で、非常に好感が持てます。

本来なら村を挙げて歓迎をしたいところですが、村の現状を伝え、一縷《いちる》の望みをかけて、食材を分けてもらえないか頼むことにします。

「シン殿、大変言い難いことではありますが、どうか、食料を恵んでくれませんか？」

「いいですよ」

「そうですよね、それはさすがに……えっ？」

正直《しょうじき》、断《ことわ》られると思いながらお願いしていました。何せ、お礼のことに言及《げんきゅう》していないのです。そんなお願い、怪しすぎて普通は断るか、お礼について聞いてくるはずです。

しかし、蓋《ふた》を開けてみれば即答で承諾《しょうだく》してくれたのです。私は少し困惑してしまいました。

「いいですよ。食料を提供します」

「あ、ありがとうございます！　ですが本当にいいのですか？」

「はい。ただ、条件があります」

条件。向こうから見返りを求めてきました。

なるほど、そのための即答だったのでしょう。お願いを聞いてやると先に明言《めいげん》することで、自分の要求をこちらに通すつもりなのです。

しかし、その条件次第では帰ってもらう必要が出てきます。大量の金銭《きんせん》などを要求されても、支払うことはできません。買い付けに行くために貯《た》めてきたお金はありますが、そのお金を渡してしまえば街で食料を買うこともできなくなります。

私は少し声を硬《かた》くしながら、シン殿に問いかけました。

「その条件というのは？」

「お金はいらないので、馬車と馬をいただきたいんです」

お金はいらないという言葉に、私は思わずほっと息をつきました。

そして、馬車と馬の要求。これ自体は、難しくない条件です。村の中には何台か使っていない馬車がありますし、馬も都合することはできます。

ただ、こんな要求をしてくるということは、目の前にいるシン殿が、現時点で馬車を持っていないということです。これは大きな問題でした。

「あの……一ついいですか？」

「どうぞ」

「馬車はお持ちでない、ということですか？」

「はい？　持っていませんよ？　なので欲しいのですが……」

念のため確認を取った私は、シン殿に帰ってもらうことをすぐに決断しました。

ここまで馬車なしで来たということは、今持っているものが荷物の全てということでしょう。

そうなると、たいした量の食料を持っているとは思えません。彼ら自身も必要とすると考えると、渡してもらえる食材はかなり少ないはずです。その程度の食料と、馬車と馬を交換したところで、こちらにとっては損《そん》でしかありません。最低でも村人全員に行き渡らせることができる量がないと、意味がないのです。

そう考えた私は、カイを使って彼らを帰らせようとしました。

ですが、シン殿はカイの口ぶりから、私が何を言いたいのかわかったようです。

「村長さん」

「なんでしょうか、シン殿……たとえ脅されても、村の代表として引きませんぞ」

私は村長として、この村を守らねばなりません。時には厳しく決断し、絶対に引かないという覚悟《かくご》を示す必要があります。それが、村長の責務《せきむ》だと考えています。

「少し時間をいただいてもいいですか？　俺たちが食料を持っている証拠をお見せします

ので」

シン殿はそう言い残して、エリ殿を連れてドアから出ていかれました。証拠とは一体なんなのでしょうか？

部屋の中に妙な沈黙《ちんもく》が流れつつも、しばらくすると、シン殿が食料をたくさん持ってきました。馬車は持っていないと言っていたにもかかわらずです。

それは、手荷物のバッグに入るであろう量よりも、明らかに大量でした。しかもまだまだあると言うのです。

私は、いえ、その場にいる村人全員が、驚きのあまり言葉を失っていました。

これでもダメでしょうか？　とシン殿に聞かれて我に返りましたが、正直なところ目の前の現実が信じられません。実は超高級な大容量の魔法袋を大量に持っているとか、彼が空間魔法の使い手だとか、ありえない可能性ばかりが、ぐるぐると頭の中を巡《めぐ》っていきます。

「馬車がないと言っていたのに、これだけの量をどうやって……いや、聞かない方がいいのでしょうね」

あまりに異常な事態に、私はため息をつくことしかできません。

「そうですね、冒険者には、一つや二つ秘密があるものですから」

出所《でどころ》はどこなのか……思わず問いただしたくなってしまいましたが、直前で思い直しました。

このことは、追及するべきではないでしょう。お金も要求せず、これだけ食材を提供すると言ってくれているのに、秘密を暴こうとするような真似はしない方が得策です。

そう考えて、机の上の食材を見ていると、あることに気がつきました。

「ええ……しかし、見たことない食材もあるようですね。タマクなんかに似ていますが、コレは……？」

よく見るとそれらの食材の中には、見たことのないものが数種類混ざっておりました。

私が普段料理をしないため、馴染《なじ》みがないだけかとも思い、料理に慣れているはずの女性陣《じん》の方を見てみたのですが、首を傾げているようでした。

「詳しいことは秘密ですが、珍しい品種というだけで、タマクの一種ですよ」

私の質問に、シン殿が答えてくれました。

そんな珍しいものを持っていることに驚きを隠せない私は、思わず言葉を零《こぼ》してしまいます。

「そんなものまでお持ちなのですか……それにまだ食材があるなら、一週間は持ちそうじゃないか……？　それなら当初の予定通り依頼をしても……」

そんな私の呟きが聞こえたのか、シン殿はとある提案をしてきました。

「ええ、まあ。それで、これからのことですが……一週間、俺たちのことを雇いませんか？　元々、そうするつもりだったのでしょう？」

私はその言葉を聞いて、今日何度目になるかもわからないほど驚いてしまいました。

「ええ、まさにその通りです」

何故、私が考えていたことがわかったのでしょう。確かに私たちは、食料を恵んでもらった後、買い付けまで依頼するつもりでした。シン殿はこちらが想定していた流れを、そっくりそのまま言い当ててしまったのです。

「ただし、買い付けはそちらのカイさんにお願いしてください。俺たちが行ってしまうと、この食材を見たことない方はどう調理すればいいかわからないでしょう？　俺は冒険者ですが、料理人でもあるので、皆さんに教えながら調理すればいいと思うんです」

「ふむ」

シン殿の言葉に、私は顎に手を当てました。

シン殿の言う通り、当初は彼に料理の街まで戻ってもらおうと考えていました。

というのは、この村でまともに戦えるのは、門番のカイのみ。その彼がこの村を離れてしまうのは、できるだけ避けたかったからです。

しかし、シン殿が見たことのない食材を持ってきたのは予想外でした。この食材を美味しく食べるには、彼の力が必要でしょう。

加えて、シン殿は冒険者でもあるので、カイの代わりにこの村をしっかり守ってくれるかもしれません。

そういったことを考えると、シン殿に残ってもらうのがベストな方法なのでしょう。

これだけメリットがあるならば、彼の言うことを聞いておいた方がいいと、私は判断しました。

「ぜひ、雇わせてください」

私はそう言いながら、彼に手を差し出します。

「交渉成立ですね」

シン殿はしっかりと、私の手を握ったのでした。

3

「では、さっそくですが……丁度夕飯のタイミングですから、料理を始めましょうか。皆さんも待ちきれないようですし」

村人たちの視線は、テーブルの上の食材に釘付《くぎづ》けだった。

満足できるほどは食べていなかっただろうから、仕方がない。

俺の言葉を受けて、村長さんは大きく頷いた。

「それはそれは、ありがとうございます。私たちも食事の準備を手伝いましょう。その間にカイには街へ行く準備を進めてもらって、食事が終わり次第、街に向かってもらうことにします。カイ、頼んだぞ」

「はい」

返事をしたカイは、そのまま家を出て行った。

「手伝っていただけるのはとても助かります。そうですね……自分一人で全員分の料理を作るのは難しいと思うので、可能なら一緒に作ってもらいたいのですが」

「一緒に作る、ですか？」

「ええ。俺が実践《じっせん》しながら教えるので、料理が得意な人たちに真似してもらって、人数分を作りましょう」

そう説明すると、村長さんはすぐさま料理が得意な人を集め始めた。

「そうだ、村長さん。この村って何人くらい住んでるんですか？」

「今日は丁度、会合のために村人全員を集めていますので、この部屋にいる者で全てです。

大体、二〇人ちょっとですね」

　二〇人か、この規模《きぼ》の村としては少ない気もするが、男手は貴族に徴発されたらしいからそんなものかな。自給自足を保つにはこれくらいの人数が丁度いいんだろう。

　さて、そうして集まったのは七人の女性だった。他の人たちも普通に料理できるらしいが、この七人は特に上手いらしい。

「料理の方は俺が担当するので、エリは食器などの準備を頼む。村長さん、村人全員で集まって食事ができるようなスペースと、調理場はありますか？」

「ええ、あります。一年に一度、村人全員を集めて食事をする集会がありますので、その時使う場所を使いましょう。調理場の方も、屋内ではありませんが集会所のすぐ近くにあります」

「わかりました、ありがとうございます。それじゃあエリ、村長さんと一緒に、集会所の準備をしておいてくれ」

「はい、わかりました」

　頷いたエリと村長さんは、料理担当から外《はず》れた村人たちを連れて、集会所の方に移動した。

　俺の方は、料理担当になった女性陣とともに、調理場へと足を運ぶ。

調理場は、想像していたよりも立派なものだった。屋外《おくがい》ということで、キャンプ場の調理場みたいな簡素《かんそ》なイメージを持っていたのだが、色々な調理器具が置いてある。

まず最初に、器具の確認だな。わかっていたことだが、この世界にはガスや電気などのインフラ設備がない。その代わりに、魔物から取れる魔石が埋め込まれた魔道具がある。

この世界にやってきた当初、スズヤさんのお店に案内してもらったのだが、彼女は自分の魔法を使って料理していた。実はこれは、かなり魔法の扱いに慣れていないとできないことらしく、例えばスズヤさんのように魚を炎魔法で炙《あぶ》ろうと思っても、普通の人はそのまま燃やしてしまうこともあるようだ。

そこで魔道具を料理に利用するのだ。

例えばコンロ型魔道具なら火が出るし、クーラーのように涼しい風を送り出す魔道具も存在する。

様々な用途のある魔道具だが、大きく分けて二つの種類がある。魔法陣タイプと魔石タイプだ。

魔法陣タイプの方は、魔法陣に魔力を流すことで作動する。ＭＰ消費量は多いのだが、自身のＭＰを使うために細かい調整がしやすく、主にレストランで扱われるようだ。確か、料理の街のウィルの店で見たな。

一方この村にあるのは、魔石タイプだ。これは魔石に込められた魔力を使うので、少量のMPで起動できる。さらに、ある程度温度の細かい調整もできる。販売価格は比較的安価なため、一般家庭ではこちらが主に流通している。

俺にとっては使い慣れない魔道具ではあるが、普通のコンロとそう変わらないと思えば、問題なく使えるだろう。その他の道具の確認を済ませた俺は、さっそく調理に入ることにした。

実は既《すで》に、何を作るのかは決めている。

何せ手伝ってくれる人は初めて見る食材が多く、慣れない部分もあるはずなので、簡単に作れるものから始める必要がある。

俺はその場に立っていた七人に声をかけ、全員の顔をあらためて確認してから、簡単に自己紹介をした。

「俺の名前はフドウシンです。今はとある理由で旅をしていますが、料理の街では料理人をしていました。慣れない食材も多く、大変だとは思いますが、どうぞよろしくお願いします」

軽く頭を下げると拍手《はくしゅ》された。

その後、七人にも自己紹介をしてもらう。ほとんどの人が二、三〇代の主婦だったが、一人だけ年若い少女が交ざっていた。

「君は?」

「ミカン、一四歳です」

地球にある果物と同じ名前の少女。

本当に料理が得意なのか心配になり主婦たちを見ると、心配するなと言わんばかりに頷く。

「ミカンちゃんは、私たちよりも料理が得意なのよ。この村で一番の料理上手なの!」

何故か誇《ほこ》らしげに、主婦の一人がそう言った。

一番若いのに、実力は確かなようだな。ここは主婦の言葉を信じるとしよう。

「それじゃあ、今日作る料理ですが……まずは調理が簡単なものから作っていきたいと思います。料理の名前は、『カレーライス』です」

この世界にはカレーライスは存在しないのだろう、料理名を聞いても、主婦たちは首を傾げるばかりだった。

ところが、ミカンちゃんだけは一瞬だけ目を見開き、その後主婦たちと同様に首を傾げていた。

この反応はどういうことだ? 何か知っているのだろうか?

とはいえここで追及してもしょうがないので、話を進めることにする。

「皆さんが知らなくても仕方ありません、遠い国の料理ですから。一度作り方を見せるので、それから一緒に作っていきましょう」

俺はそう言って、調理に入った。

カレーとは、香辛料を多用し食材を調味する、インドの代表的な料理を指す。

日本には、明治時代にイギリス料理として伝わった。何故イギリス料理としてかというと、当時はインド半島のほとんどがイギリスに植民地化されていたからという背景がある。

そもそもカレーって名称が英語らしい。

そしてその料理をもとに作られたのが、日本独自《どくじ》の料理であるカレーライスだ。ご飯を主食とする日本だからこそ生まれた料理だろう。今では日本の立派な国民食になっている。

もちろん他の国でも、その国それぞれのカレー料理が存在する。カレーという文化は、世界中で愛されているのだ。

とはいえ今回は、一番作り慣れている、日本のカレーライスを作る。

まずは、カレーではなくご飯から準備する。

店にいた頃に使っていた炊飯《すいはん》ジャーはこの場では使えないため、土鍋《どなべ》で炊《た》くことにした。

全員にお米と土鍋を渡し、まずは俺がやって見せる。

土鍋でご飯を炊くのは、スイッチを押すだけでいい炊飯ジャーに比べて難しいと思っていたが、慣れてくると案外簡単だ。時間を測《はか》りながら火の調節をすれば、誰にだって炊くことができる。

美味しくご飯を炊くためのワンポイントとして忘れてはいけないのは、お米を研《と》ぐ前に軽く水で洗うこと。

こうすることで糠《ぬか》や油が取り除かれ、お米に臭いが付かなくなるのだ。基本中の基本のことではあるが、料理を始めたばかりの頃は水を入れたらそのまますぐに研いでしまっていたので、これを教えてもらった時は目から鱗だった。

糠や油の浮いた水をしっかり捨てたら研いでいく。この時、水が入ったまま研いでしまうと、米の表面の汚《よご》れが取れないので、しっかりと水を切る必要がある。また、力を入れすぎると米が割れてしまうので要注意だ。

しっかりと研いだら水を注いで研ぎ汁を捨て、再び研ぐ。

二回研いだら土鍋に移し、すぐに水を張る。

土鍋で炊く時は、米一合に対して水は大体二〇〇ミリリットル。好《この》みによって水の量は変える。あくまでもこれは目安だ。

水を入れたらしばらく放置して、米に水を吸わせる。こうすることによって、ふっくらとした炊き上がりになるのだ。

この空《あ》き時間に、カレーの方も準備を進めていこう。

今回の材料は、ニンジンにジャガイモ、玉ねぎに豚肉。

玉ねぎは薄切りに、他の野菜は一口サイズに切っていく。

さすがの主婦というべきか、見慣れない野菜のはずなのに、器用にナイフを使いながらジャガイモやニンジンを剥《む》いてカットしてくれる。ミカンちゃんも危《あぶ》なげなく作業を進めていて、主婦の方々とそんなに変わらないくらいのスピードだった。

……普通に俺が剥《む》くより早いんじゃないか？　微妙に凹《へこ》むな。

いやでもほら、彼女たちの方が料理経験長いし……俺まだ若いし……なんて言い訳していてもしょうがないので、気を取り直して調理を進める。

まずは鍋で玉ねぎを炒《いた》め、肉を投入する。しっかりと火が通ったのを確認したら、ジャガイモとニンジンを入れて軽く炒める。

こちらにも火が通ったのを確認したら水を入れ、蓋をして加熱していく。

ここまでやれば野菜が柔らかくなるのを待つだけなので、皆の作業が終わるまでいったんご飯の方を進める。

忘れずに土鍋に蓋をして、まずは中火で五分から七分炊く。

ふきこぼれそうになったところで火を弱火にして一〇分以上炊いていく。

と、ここまでやったところで、全員が鍋の方の作業が終わったようだった。

ミカンちゃんだけは若いこともあってしっかり作れるのか心配していたのだが、どうやら杞憂《きゆう》に終わったようだ。

むしろ他の人たちよりも手際《てぎわ》が良く、初めて作っているとは思えないほどだった。一度作ったことがあると言われても、納得してしまうだろう。

「手際がいいね。まるで作ったことがあるみたいだったよ」

「ありがとうございます。教える方が上手だったのでわかりやすかったです」

俺が褒《ほ》めると、大人顔負けな態度で謙遜《けんそん》する。

本当に一四歳なのか？　と疑ってしまうほど大人びているようにも感じるが、この世界では一五歳で成人だからこんなものなのかとも思った。

さて、全員の準備が整ったところで、ご飯の炊き方を伝えよう。

丁度全員に伝え終えたところで俺の土鍋が弱火にしてから一〇分になったので、一度強火にして一〇秒数え火を止め、蒸《む》らしていく。

一〇分以上蒸らしたところで蓋を開けてしっかりと混ぜれば完成だ。濡《ぬ》らした布巾《ふきん》を載《の》せてその上から蓋をして、しっかり保温した状態で置いておく。

今回は一人五合を目安に炊いているので、村人全員がおかわりをしても問題ないはずだ。皆お腹《なか》が空《す》いているだろうから、しっかり食べてもらいたいものだ。

これでご飯は完成なので、カレーの方を進めよう。

野菜全体に火が通り、箸《はし》が刺さるぐらいに柔らかくなるまでの時間を使い、香辛料を準備する。

カレーの香辛料は多種多様で、色々な組み合わせができるのもその特徴《とくちょう》だ。

今回は一番基本となる香辛料を使うことにして、隠し味もいくつか用意してみた。

メインとなる香辛料の特徴は、主に三つ。

香り、色、辛《から》み。

それぞれ適した香辛料が存在する。

特に香りが特徴的な香辛料が多く、それらの香辛料が混ざり合うことで、独特な奥深い味になる。混ぜすぎると個々の味が薄れてしまうので、注意も必要だが。

こういった混ざり合った香り付けのためのスパイスのことを、ガラムマサラと呼ぶ。

使う香辛料は様々で、決まったレシピなどはない。ただ、シナモン・クローブ・ナツメグの三種類については、ガラムマサラの基本となる香辛料だと言われている。

今回はその三種類とは別に、カルダモン・クミン・ベイリーフ・コリアンダー・ターメリック・ブラックペッパー・チリペッパーを用意した。本当は加工前のものからカレー粉《こ》を作りたかったのだが、そんなことをしていたら文字通り日が暮れてしまうため、缶入りのパウダーを召喚した。

香りをつけるのは、シナモン・グローブ・ナツメグ・カルダモン・クミン・ベイリーフ・コリアンダー。

色をつけるのは、ターメリック。

辛みをつけるのは、ブラックペッパー・チリペッパー。

基本的には香りのものを多く入れ、その次に色つけのもの、そして辛みについてはお好みだ。

ちなみに、それぞれのスパイスの特徴と基本の配合について説明した上で、何をどういった配合で入れるかは個々人に判断を任せている。自分好みのカレーを見つけるのも楽しみ方の一つだからな。

さて、使うスパイスを選んだところで、それらの粉末を混ぜ合わせ、弱火でじっくり煎《い》っていく。香りが立ってきたらカレーパウダーの完成だ。

その後、油をひいた鍋で、焦《こ》がさないように気をつけながら、弱火でじっくりと薄力粉《はくりきこ》を炒める。炒め終えたらフライパンを濡れ布巾の上に置き、しっかりと冷ましてから、カレーパウダーを加えてよく混ぜれば、カレールーの完成だ。この時、フライパンが熱いままでパウダーを混ぜると、香りが飛んでしまうので注意が必要だということも伝えておいた。

カレールーは、野菜が柔らかくなったのを見計《みはか》らって鍋に投入し、煮込《にこ》んでいく。さて、香辛料を入れたら今度は隠し味。この隠し味に使う食材は、地球で市販されているカレールーで作る時にも使っていたものだ。

今回用意したのは三つ。

一つ目がヨーグルト。

これはインドなどでもよく使われる隠し味で、甘みやコクを出すので滑《なめ》らかな味になる。牛乳やバターなど、他の乳製品でも同様の効果がある。

二つ目がケチャップ。

これは俺が店で出すカレーに使っていたものだ。酸味《さんみ》とコクによって、味に深みのあるカレーになる。

三つ目がリンゴ。

甘みが出るので、まろやかさを出したい時に使うようにしている。はちみつにも同じ効果があるが、辛いカレーを食べたい時は入れない方がいい。今回は誰でも食べられるようにしたいので、入れることにした。

スパイスを入れたことで、いい香りが漂《ただよ》ってきている。

香りを嗅《か》ぐだけで、お腹が空《す》いてしまう。俺は自分の鍋の蓋を閉め、調理を進める皆を見回した。

一人一人が違う味付けになるので、合計八つの味が違ったカレーが完成するはずだ。

俺は少しずつ全部のカレーを味見する予定だ。楽しみである。

全員分完成したところで、各自自分で作ったルーの入った鍋と土鍋を持ってエリたちが準備している集会所に運ぶ。

ステータスの恩恵《おんけい》があるためか全員が軽々と運んでいるが、細身の女性があのサイズの鍋を二つも持って歩いている姿は、なんとも異様《いよう》に感じられた。

ミカンちゃんすら文句一つ言うことなく持っていて、あらためてステータスの便利さを実感する。

集会所に着くと、既に食事の準備が完了しており、村長さんを始めとした村人全員が席に着いていた。

「お疲れ様です、シン様。準備の方はできています」

「ありがとうエリ、助かったよ」

席に着いた村人たちは、どんな料理が出てくるのかと目を輝かせている。

そんな彼らを後目《しりめ》に、俺たちは空《あ》きテーブルの上に鍋を並べていく。

「では、さっそくですが盛《も》り付けますか？　見た所……カレーのようですね」

ちらりと鍋を見るエリ。

前に一度だけカレーを作ったから、すぐにわかったのだろう。

「いや、今回はとりあえずご飯だけをよそってもらおうかな。それから、カレーは各自で取ってもらうことにしよう」

「各自ですか？」

「ああ、見ればわかるよ」

頭にハテナマークを浮かべながらも、素直にご飯をよそっていくエリ。隣ではミカンちゃんも手伝ってくれたおかげで、あっという間に全員に行き渡った。

準備が完了したことを確認した俺は、皆の方に一歩出る。

「さて、今回作った料理は、カレーライスというものです。おそらく、聞いたことのない料理だと思いますので、説明させていただきます。まず、皆さんの前の器に盛り付けられているものは、ご飯……いわゆるマイです」

ここまでいったん言葉を切り、村人たちを見渡す。驚きの表情を浮かべてこちらを見る者、目の前の皿を凝視する者と、反応は半々くらいだろうか。ご飯を炊くのを手伝ってくれた主婦の皆も、まさか自分が作っていたものがマイだとは知らなかったのか、びっくりした様子だった。

マイといえば、この世界ではなかなか手に入らない高級食材で、貴族でもたまにしか口にできないほど貴重なものだ。言い方は悪いが、この村ではお目にかかることはそうそうないはずだ。それを惜《お》しげもなく振舞っていることに驚いているのだろう。

「各自、こちらの方に来てカレールーをご飯の上にかけてください。鍋は八つありますが、奥様方が一人一つずつ作ったものになりますので、それぞれ味が違います。色々と試《ため》してみて、お好みの味を見つけてください」

言い終えた俺は、スッと手をあげて合図を出す。

それと同時に、主婦たちが鍋の蓋を一斉《いっせい》に開けた。

――直後、解《と》き放たれたスパイス臭が集会所を満たす。

香りを行きわたらせるために、風魔法をちょっぴり使ったのは内緒だ。

そして強烈な香りは、空腹《くうふく》に耐えていた村人たちを強く刺激したようだった。

「「「うおぉぉぉぉぉぉ!!」」」

集会所に響く叫び声。

香りだけで、カレーが美味しいものだと伝わったのだろう。村人たちは先ほど以上に気《き》合《あい》の入った目でカレーの入った鍋を凝視していた。

口にこそしていないが、早く食べたいという思いがひしひしと伝わってくる。全員が器を抱《かか》え、今にも立ち上がって走り始めそうな雰囲気だった。

「カレーはたくさんありますし、ご飯のおかわりもあります。一斉に来ると混雑《こんざつ》してしまうので、右側の席の人から来てください。順番を守らないとご飯は抜きにします」

そんな一言を追加するだけで、あっという間におとなしくなり、順番を守って並び始めた。

ここまできてお預けだなんてごめんだと思っているのだろう。

これで、俺の料理が美味しいのだと伝えることができたなら、初回としては成功だ。少なくとも一週間は、村人たちが安心して食事にありつけるということだからな。

「シン殿。あなたは憎《にく》いお人だ」

いつの間にか、隣に村長さんが立っていた。手にはルーの入っていないお皿を持っている。おそらく順番待ちの最中なのだろう。

「見たことがない食材で作った料理となると、誰しもが警戒して、最初は手を出し辛いと感じるものでしょう。ですが、ここまで巧《たく》みに嗅覚《きゅうかく》を刺激して、とにかく食べたいとまで思わせてしまうとは……」

「いえいえ。料理人として、お客様の『美味しいものを食べたい』というご要望《ようぼう》に応《こた》えたまでですよ」

「まったく、とんでもないお人だ」

村長さんは順番が来たのか、そう言い残してカレーを取りにいった。

そう、たった今村長さんが言っていたことこそ、俺が懸念《けねん》しつつも狙《ねら》っていた裏テーマなのだ。

俺が最初に食材を持ってきた時、村人たちの視線はそれに釘付けになっていた。しかしそんな中、あの食材は何なのか？　と怪訝そうな目で見ていた人が、数人いたのだ。

誰しもが、知らない料理や食材を口に入れる際に、多少なりとも抵抗を感じるだろう。

俺だって、この世界の食材を使った初めての料理を食べる時は、若干の抵抗がある。それとは別に、食べてみたいという気持ちが強いから、食べることができている。

それならば、俺と同じように思わせればいいのだ。

抱いている警戒心以上に、俺の作った料理に興味を持ってもらい、食べたいと感じさせる。

それで考えたのが、嗅覚を刺激する方法だ。料理の姿は見えなくても、その香りだけで強い興味を引き、食べたいと感じさせることができれば俺の勝ちである。

ここまで思案を巡らせたところで、俺が作る料理が見えてきた。香りが強く、調理が簡単な料理。そうなるとカレー一択だ。

「全員取りましたね？」

最後の人が席に着いたことを確認した俺は、辺りを見回しながら声をかける。

もちろん俺も、小皿にカレーとご飯を盛り付け済みだ。小皿なのは、少しずつ全種類食べるためである。

「それでは食べましょう。いただきま……」

俺が言い終える前に、村人たちはものすごい勢いで食べ始めた……この村には、いただきますの合掌《がっしょう》の文化は伝わっていないようだな。

後で村長さんに教えてあげることにしよう。

「じゃあ、俺たちも食べるか」

「はい」

エリに声をかけて、俺たちも食べることにする。

「「いただきます」」

二人で合掌をして、最初の一口を食べる。

その瞬間、口内にスパイスの風味《ふうみ》が広がる。

市販のカレールーも美味しいが、こうしてスパイスを自分でミックスして作るカレーは深みがあってとてもいい。

今回はいつも通りに作ったので、食べ慣れた味だ。よし、違うカレーも食べるとするか。

あちこちを回り、他のカレーを少しずつ試食していく。

「これは、チリペッパーがよく効いてなかなか辛いな、この酸味はケチャップか……お？　こっちのカレーはマイルドだな。それに、クミンとコリアンダーを増やしてあるのか」

それぞれの個性が出ていて面白《おもしろ》いな。どれも美味しくできあがっている。

六つの鍋を試食し終えて、最後に向かったのはミカンちゃんの作ったカレーのところだった。

「少しもらうよ」

「どうぞ、食べてください」

笑顔とともにカレーを渡される。

これも見た目は普通のカレー、ってそれもそうか、同じスパイスだから当たり前だ。

さて、どんな味付けになっているのか……一口食べた。

「……」

一瞬、動きが止まった。まずかったわけではない。うまかったのだ。

もう一度食べてみる。

味は俺と同じ標準《ひょうじゅん》のカレーだ。俺を真似たスパイスの配合をしていたからそれも当然だろう。

でも、ほんの少しだけ、ミカンちゃんが作った方が甘みが出ていて美味しい。

「ああ、なるほど」

「気づきましたか？」

俺が一つ頷くと、ミカンちゃんが笑顔で聞いてくる。

「よく炒めた玉ねぎを多めに入れてあるのか」

「はい、その通りです！」

ミカンちゃんがやったのは、玉ねぎを使う料理では基本中の基本のことだった。

玉ねぎは、あめ色になるまでしっかり炒めると、甘みが出てくるのだ。これは色々な料理に応用できることで、たとえばハンバーグなんかの時も、みじん切りにしてから同じように炒める。

しかし、こちらの世界にある玉ねぎそっくりな野菜、タマクでは、ここまでは甘くならないはずだ。

俺はニコニコとしているミカンちゃんを見る。普通の少女にしか見えないが……

「よく知っていたな……まるで俺が持ってきた野菜の使い方を知っていたみたいだ」

俺がポツリと呟くと、ミカンちゃんの表情がピクリと動いた。

あれ、この反応はどういうことだ？　もしかして、俺が言ったことがアタリということだろうか。

……となると、カレーという言葉を聞いた時のあの反応も、そういうことなのかもしれない。

「ミカンちゃん。少し、移動しようか」

「……はい」

とりあえず真実を確認するために、二人で歩き出す。大勢の前で話すようなことではないからな。

出口へと向かう途中、エリを見かけたので席を外すことを伝える。

集会所を出た俺たちは、誰もいない広場の真ん中にあったベンチに座った。

会話もないまま、静かに時間が過ぎていく。

空もすっかり薄暗くなって、じきに真《ま》っ暗《くら》になりそうだった。

このままでは埒が明かないと思った俺は、意を決して口を開いた。

「ミカンちゃん。一つだけ答えてくれ」

「はい」

「ミカンちゃんは、日本人？」

その言葉に、彼女は俯《うつむ》いたまま答えない。

俺は黙ったまま答えてくれるのを待つ。

そして一分ほど経った頃、ミカンちゃんは顔を上げた。

「ええ、そうよ、私は日本人。正確には、『元』日本人だけどね」

先ほどまでとは違って砕《くだ》けた口調《くちょう》になったミカンちゃんは、まっすぐにこちらを見据えてそう言った。

4

「私は前世の、日本での記憶を持った状態でこの世界で生まれたの。いわゆる転生者ってやつかしら」

どうやらこの世界には、異世界人は俺を含めて三パターンいるようだ。

一つは、気がついたら迷い込んでいた俺のようなパターン。

二つは、シズカのように勇者召喚というかたちで召喚されたパターン。

そして三つ目が、目の前のミカンちゃんのような、前世の記憶を持ったまま生まれてきたパターン。

ということは、ミカンちゃんも何かしらチートのような能力を持っているのだろうか。

そう思ったのだが……

「まあ、私は記憶を持っているだけで、特別な能力とかはなかったのよね。前世では料理が結構得意だったから、何かできないかと思ったんだけど……地球にあった食材なんて、当たり前だけどこっちにはないしね」

ミカンちゃんは苦笑しながら俺に話してくれた。

確かに、料理がちょっと得意なくらいじゃ、たいしたチートにならないだろう。食材は見慣れないものだし、調味料なんかも勝手が違う。

俺の場合は、創造召喚魔法のおかげで地球の食材を持ってくることができる。だからこそ、持っている料理の知識を最大限に活かして色々なことにチャレンジできたし、店を成功させることができた。それがこっちの食材しか使えなかったとなると、こうは上手くいかなかったはずだ。

そんなことを考えていると、ねえ、とミカンちゃんが声をかけてくる。

「聞きたいことがあるの。さっき作ったカレーの材料、あれは地球の食材よね？　どこから出したの？」

「それは……」

能力のことをそんな簡単に話していいのだろうか、という気はする。

ただ、彼女も同じ日本人だ。チートな能力を持っているわけではないとはいえ、前世の知識は持っている。

さらに、この世界で一四年も過ごしてきており、その年月の分だけ、この世界の料理も学んできているのだ。少なくとも俺以上に、この世界については詳しいだろう。

彼女なら、地球の知識と、この世界の知識、この二つを上手く組み合わせられるかもしれない。

俺としては、ぜひ店の従業員として働いて欲しい。そう思ってしまった。

……なら、話すしかない、いや、話すべきだろう。

考え込んだまま答えない俺に、ミカンちゃんは焦《じ》れたように口を開く。

「いいのよ、秘密なら別に……」

「いや、教えるよ。さっきのカレーの材料は、俺の魔法の……」

俺はミカンちゃんに魔法について教えることにした。

ただ、ＭＰについてはボカした。これはさすがにいきなり教えるわけにもいかないからな……

「何それ、地球のものなら何でも持ってこられるの？」

「ああ。ＭＰ次第ではあるけど……このように、ね」

と、瞬時に俺の掌《てのひら》の上にスマホが出現する。

それを見たミカンちゃんは、どこか懐《なつ》かしそうな表情を浮かべる。

「スマホなんて、もう見られないと思ってたわ。それにそのスマホ、私が日本にいた頃の最新機種みたいだけど……シンさんは、私のいた時代から一四年後の人間じゃないの？」

「そうなのか？　俺がいた日本も、こいつが最新機種だったぞ？」

どういうことだ？　この世界に来た時代はバラバラでも、元々いた時代は一緒だったということだろうか。

とにかくミカンちゃんは、俺の言葉を信じてくれたようだった。この世界には絶対に存在しないものを持ってきたのだ、信じて当たり前だ。

……ところでこのスマホどうしよ。持ってきたはいいけど、人前で使うわけにもいかないし、後で空間魔法で収納でもしとくか。

「……で、相談なんだけど、俺の店で働かないか？」

せっかくなのでちゃっかり勧誘もしてみた。

「私が？」

「ああ。料理の街にある俺の店は、地球の材料を使ってるんだ。前世の記憶を持っていて、料理が得意なんだったらぴったりの店じゃないか？」

ミカンちゃんは可愛らしく考え込む。

さっきから砕けた口調だからすっかり忘れてしまっていたが、彼女の見た目は一四歳だ。しかも、身長もそんなに高いわけではないので、なおさら幼く見えてしまう。

考え込むということは、絶対にありえないということではないだろう。あと一押しすればば、オーケーしてもらえる気がする。

「それにミカンちゃん、もうすぐ一五歳だろ？　この世界では大人の仲間入りじゃないか。なら、思いきって村から出ないか？」

その言葉が決め手となったのか、彼女は大きく頷いた。

「……わかったわ。今日帰ったら、料理の街で働かないかと勧誘されたって、お母さんとお父さんに相談してみる。とりあえず、そろそろ帰りましょう。シンさんの奥さんも心配しているんじゃない？」

「ああ、それもそうだな」

俺たちは立ち上がり、集会所へと向かって歩き始めた。

その途中、思い出したようにミカンちゃんが口を開いた。

「あ、そうだ。他の人たちの前では口調は元に戻しますね。皆には秘密なので、よろしくお願いします」

言うだけ言った彼女は、先を急ぐように小走りで駆けていった。

あの切り替えっぷり、すごい演技だな……

集会所に戻ると、全員が食べ終えたのか、片付けが始まっていた。

エリを中心に皿を運んで洗い場に持って行くグループと、村長さんを中心に集会所のテーブルを拭《ふ》くグループに分かれている。

どうやら、長く話をしすぎたみたいだな。

「エリ、すまない。遅くなった」

エリに一言謝《あやま》ったが、ジト目で見られた。

何故、そんな風《ふう》に見られるのか大体わかっているので、何か言われる前に理由を伝える。

「ミカンちゃんを、俺の店で働かないか誘っていたんだ」

「それにしては長くありませんでしたか？」

疑いが晴れなかった。

むしろ一層、疑いの目を向けられる。どうしたものか……

ミカンちゃんが転生者だということを説明すればいいのかもしれないが、この場で伝えるのは得策ではない。回りの人たちに聞かれないように外に出て話し合ったのに、こんなところで話が漏れてしまっては意味がないからな。

しかし、何か言わないとエリはこのまま。

「エリ、何を疑っている？」

「シン様が浮気《うわき》をするのではないかと……もし捨てられるくらいなら、私は死にます」

いやいやいや、思考がぶっ飛びじゃないか？

ちょっと外で二人で話していただけなのに、あの時点で浮気を疑う必要がどこにあるのだろうか。しかも、捨てられたら死んじゃうの？　何それ、怖い。

最近、エリの精神が不安定だな。もうちょっとちゃんとかまってあげた方がいいかもしれない。

「心配するな。俺が愛しているのはエリだけだ」

「シン様……」

頭を撫《な》でながらそう言うと、エリは嬉《うれ》しそうな表情を浮かべる。

と、そこでようやく周りの視線が集まっていることに気がついた。

村長さんを始め、皆が温かい目を向けてきている。

見世物《みせもの》ではないですよ村長さん。

なんだか恥ずかしくなってきたので撫でるのをやめて片付けに入ろうとしたら、手を離す際にエリから手をがっちりと握られる。

「も……もう少し」

「周りを見ようか」

「……はうっ」

俺の言葉に周囲を見渡したエリは、顔全体を真っ赤にして俯いたのだった。


片付けは順調に進んだ。

カレーが少し余っているので、明日の朝食分に回す。

村長さんと話し合い、俺たちが作るのは夜ご飯のみということになった。朝昼の食事も作ると言ったのだが、そこまでやってもらうわけにはいかないと、固辞《こじ》されてしまった。

門番のカイは、既に食べ終えて街に向かった。日も沈《しず》み外は真っ暗だが、少しでも早く帰ってくるためだそうだ。

危険ではないのか、と聞いてみたところ、彼はBランクの冒険者に相当する実力を持っているらしく、問題ないとのことだ。案外強かったんだな、彼。

なんだか色々大変だったが、ようやく一日が終わろうとしている。

泊まる場所は村長さんが準備をしてくれた。今は使われていないという家で、たまに冒険者や商人が来た時に貸し出しているようだった。

シンプルな家だが、寝室にはちゃんとベッドが二つ用意されており、簡単なキッチンや湯船もあった。シャワーや蛇口《じゃぐち》はないため、桶《おけ》などで水を運んで溜《た》めるしかないと説明されたが、湯船があるだけマシだろう。

俺は水魔法を使って水を溜め、炎魔法でお湯にする。

エリにお先にどうぞと言われて先に入ったら、エリが乱入してくるというイベント、もとい事故があったが、風呂《ふろ》は広々としていて気持ちよかった。

その後、二人それぞれのベッドに入り眠《ねむ》りにつく。

ベッドに入ってすぐに、エリは寝息を立て始めた。どうやら、かなり疲れていたみたいだな。

俺は天井を見ながら明日の予定を考える。

夜に料理を作ることになっているが、昼間は特にすることがない。

村長さんは、夜ご飯の準備だけでいいと言っていたが、おそらく朝昼の食事の量はかなり少ないだろう。

「モンスターでも狩って渡すか……」

それなら、この村の人たちも調理できるだろう。

ついでに、この村から食料を奪って行くというモンスターにも興味があるので探すことにする。

明日の予定が決まったので目を閉じる。

俺もエリ同様、すぐに深い眠りについたのだった。

5

翌日、俺たちは前日立てた予定の通り、森の中に入っていた。

目標は、昼までにモンスターを狩って、村長さんに渡すことだ。そのことを伝えたらかなり喜んでいたので、これで狩れなかったら申し訳ないな。

数分前に森の中に入った訳だが、未だにモンスターとの接触《せっしょく》はなし。

いつもならば、殺気を飛ばしてソナーのように使うことで、モンスターの位置がわかるのだが、これは逆にモンスターを警戒させることもあるため、今回は使わないことにしていた。

「モンスターがいませんね」

「そうだな」

周囲を警戒しつつも、ちょくちょくエリと会話をしながら森の中を進んで行く。

……が、ふと視線を感じた俺は立ち止まる。

急に止まったせいで、後ろを歩いていたエリが顔面からぶつかってしまった。

「大丈夫か？」

「は、はい。大丈夫です。それよりもどうしましたか？」

鼻が少し赤くなってしまっているが大丈夫そうだ。

「いや、今視線を感じたからな」

「視線……ですか」

辺りを見渡すが、何もいない。エリも見つけることができないようだ。

視線は今も向けられていて、妙な感覚だ。

「どこにいるんだ？」

このままでは見つけられなそうなので、殺気を使って場所を割り出そうとした瞬間——

「きゃぁぁぁぁぁぁぁぁ‼」

「エリ‼」

エリが何者かによって引きずられていった。

足首にはピンク色の太い縄《なわ》のようなものが巻きついているが……あれは舌だろうか。

俺は足に身体強化を施し、地面を蹴る。

すぐにエリに追いつき、舌の伸びてきている方に目を向けると、その正体がわかった。

「カメレオン型のモンスターか」

大きな丸い目がギョロギョロと動き、周囲を見渡す。長い尻尾はくるりと巻かれていた。

地球にいるカメレオンの姿をそのままに、馬以上の大きさになっている。

カメレオンということは風景に擬態《ぎたい》することもできると想定すると、先ほどまでの視線はこいつのものだったと思って間違いないだろう。

俺は身体強化している足に込めるMPの量を増やし、思いっきり踏み込む。

まるで瞬間移動をしたかのような速度で相手の懐《ふところ》に潜《もぐ》り込み、拳を構えた。

カメレオンモンスターはいつの間にか俺が近くにいたことに気がつくと、エリの足首に巻きつけていた舌を放し、身構えようとする。

しかし、もう遅い。

「ハッ‼」

足にやっていたMPを拳に集中させ、掛け声とともに思いっきり殴《なぐ》りつけた。

首の辺りに拳が入ったカメレオンは爆散《ばくさん》し、肉片が周囲に飛び散る。

……いや、さすがにグロくないか？　どうやら、力を込めすぎたようだな。

「エリ、大丈夫か？」

「はい、大丈夫です」

引きずられていたため服などは汚れているものの、怪我はないようだ。

いつものエリであれば問題なく対処できるレベルのモンスターだったと思うが、不意打ちのせいでそうもいかなかったみたいだな。

さすがにカメレオンは食べようとは思わない。そもそも爆散してしまったので食べるところなどなくなっていた。

それにしても、油断しているつもりはなかったが、無限のMPがあるから襲われても大丈夫だと心のどこかで思っていたのかもしれない。やっぱりもっと気を引き締めないとな。

俺自身はともかく、エリに怪我をさせるわけにはいかないのだ。

とりあえず、一度殺気を使い周辺にサーチをかけてみる。

すると反応が四つ、すぐ近くに出てきた。一つは上空を移動しており、残り三つはここから五〇メートルほど離れた地上で固まっている。

三つの反応の方は動く気配がないので、まずは上空の反応に注意することにした。

「エリ、上から何か来る。隠れよう」

「わかりました」

相手に見つからないよう、茂《しげ》みに隠れる。

しばらくすると、首元に赤い石が埋め込まれている大きな鳥が降りてきて、俺が今さっき倒したカメレオンの肉片をついばみ始めた。

「エリ、あれは何のモンスターかわかるか？」

俺はモンスターについて、ほとんど知識がない。この世界に来てからは料理してばかりだったし、せいぜい狩りで獲《と》っていたモンスターのことを知っている程度だ。

一方エリは、異世界人である俺をサポートできるように、本をコツコツと読んで色々な知識を身につけてくれているので、こういう時はとても頼りになる。

「あれは……首に赤い石があるのでレッドストーンバードかと思います」

「レッドストーンバード……」

「はい、あの石は宝石として重宝《ちょうほう》されていて、かなり高値《たかね》で取引されるそうです。また、お肉が大変美味だとか……」

「美味しいのか……それなら、狩るしかないな。元々そのつもりで森の中に入ったことだしな」

そうと決まれば、さっさと倒すとしよう。

この戦いは一瞬で終わらせる必要がある。もし俺たちの存在に気づかれれば、飛んで逃げられてるだろうから。そうなってしまえば、俺がレッドストーンバードを倒す手段はほぼなくなってしまう。

肉をついばむために地面に降りている今が最大のチャンスなのだ。

俺は慎重に、MPを手に集め始める。ここでMPを込めすぎて、せっかくの美味しい肉がバラバラになるのは避けたい。

逆に足には惜しみなく大量にMPを集中させ、高速で近づけるようにする。

「じゃあ、行ってくる」

軽く一歩を踏み出した俺は、カメレオンの時と同様に一瞬で相手の懐に潜り込んだ。

「クウェ⁉」

急に現れた俺に、驚きの声をあげるレッドストーンバード。すぐに飛ぼうとするが、俺は飛び込んだ勢いのまま、腹を思いっきり殴った。

「グゲェ‼」

　変な鳴き声をあげたレッドストーンバードはそのまま吹っ飛び、木にぶつかって地面に落ちる。

　よし、今回は爆散していないし大丈夫だな。

　近づいてみると、白目を剥いて死んでいたので、空間魔法で収納する。

「お疲れ様です」

　そう言いながらエリが近づいてきた。

　あまり手ごたえがなかったこともあって、倒した実感もないのだが……まあ、食料が確保できただけ良しとしよう。

　今度村の人に解体してもらって、何かしら料理を作ってもらうとしようかね。

　と、さっきの三つの反応のことを忘れてはいけない。俺は反応がある方に目をやった。

「エリ、わかるか？　近くに三つ反応がある。すぐに戦闘に入るから、準備をしてくれ」

「了解しました」

　俺は空間魔法から取り出した刀を抜いて、手に持つ。

　面倒ごとは早めに片付けた方がいい。そう判断した俺は、動き始めた相手に先制攻撃を仕掛けることにした。

まずは得意の殺気から。

レベルを5にして、モンスターと思《おぼ》しき相手だけに向ける。そいつらはそれだけで動きが止まった。

「行くぞ！　エリはやつらが逃げないように、右側から回りこんでくれ‼」

反応があった方へと、向ける殺気もそのままに素早く移動。

モンスターも少し動くそぶりを見せたが、殺気のせいでうまく動くことができないようだ。

「シッ‼」

俺はモンスターの隠れている木に近づいたところで、刀にMPを纏わせて横薙《よこな》ぎに一閃《いっせん》。幹《みき》ごと切断する。

手ごたえはない……ならばもう一回。刀を持ち上げて振り下ろそうとした時……

「待って‼　待ってください‼」

どこからか幼い声が聞こえてきたため、その体勢のまま動きを止める。

その声を出したのは、目の前のモンスター……いや、薄汚れた獣人族の少女だった。ピンク色のショートヘアに、この耳と尻尾は……アライグマだろうか？

「シン様……」

回りこんでいたエリが、獣人族の男の子二人の首根っこを掴《つか》んで戻ってきた。

片方の活発そうな少年には豹《ひょう》の耳と尻尾、もう一人の落ち着いた雰囲気の少年には垂《た》れ下がった犬耳とふさふさの尻尾がついている。

同じ部族というわけでもなさそうだし、こんなところに子供だけでいるなんて、どうやら訳アリみたいだな……話だけでも聞いてみることにしよう。

そう思い口を開きかけたところで……

グ～。

目の前の少女からお腹の音が聞こえた。

何か食べさせてやればここにいる理由も話してくれるだろうし、とりあえずご飯にしようと決めて殺気を解除《かいじょ》する。

途端《とたん》、少女たちは安堵《あんど》したような表情を浮かべた。

動けるようになった少女は、エリが連れてきた男の子二人の方へ駆け寄ってから、三人でこちらをじっと見ていた。

「話を聞きたいが……とりあえず、ご飯でも食べるか？」

少女たちは黙って頷いた。

というわけで、作業用の小さめのテーブルと食材を出し、軽めの食事を作ることにする。

取り出したのは昨日炊いたご飯と塩、それから昆布《こんぶ》に梅干し、そして海苔《のり》。

すぐに作れる料理ということで、おにぎりを作ろうと思う。

少女たちは見るからに痩せていて、満足な食事をしていないように思われた。パンを出すだけでもよかったのだが、腹持ちのいいご飯を食べさせてあげることにしたのだ。

水で手を湿《しめ》らせ、塩を軽く手につけてからご飯を握っていく。

ご飯については、完全に冷めたものではなく炊きたてを少し冷ました程度のものを握る。冷め切ったものを使うと、べたついたり、うまくまとまらなかったりするのだ。ご飯の量は、両手で握って丁度包み込めるぐらいがベストだ。

ご飯を手に取ったら、真ん中に梅干しを載せて包み込むように三回握る。握る回数は何回でもいいのだが、俺は三回を目安にしている。三角形の全ての面を、一回ずつで形を整えるためだ。

あまり握りすぎると、ご飯が潰《つぶ》されて固くなってしまうため、軽く握って崩《くず》れやすいくらいがおにぎりの状態としては一番いいのだ。

後は海苔を巻いてあげて完成だ。一人三つになるよう、具材も変えつつ、そのまま一気に握る。

握りながら少女たちの様子を確認してみると、俺をじっと見つめて……いや、料理を見ているのか。目をキラキラさせてこっちを見ていた。

我慢できないのが、ひしひしと伝わってきた。

「エリ、おにぎりを渡してあげてくれ」

「はい、わかりました」

そう言うが早いか、エリは子供たちにおにぎりを配り始めた。俺が言う前から、渡そうと動いてくれてたな、さすが俺の妻。

渡された少女たちは、素直に食べていいのか悩んでいる様子だった。

でも、食べたいという気持ちも強いようで、活発そうな方の男の子にいたっては、よだれを垂らしていた。

「食べていいんだぞ」

そう促《うなが》してみるが、やはりまだ食べようとしない。

彼らがご飯が食べたいというので作ったのだが、何をそんなに悩んでいるのだろうか、それにこちらをチラチラと見てくる。

エリはそんな彼らの様子を見て、あることに気づいたようだった。

「シン様。どうやら毒が入っていないか疑っているようです。私たちが食べてからでないと食べないと思います」

「ああ、なるほどな。一応毒見をさせようとしているのか」

子供にしては疑り深い。

どんな環境で育ったらこうなるのか……とりあえず俺たちが食べるところを見せたら、食べてくれるかな？

「「いただきます」」

エリと二人でいつもの合掌をして、おにぎりを一口食べた。

程よい塩加減で、口に入れた瞬間にほろほろと崩れるご飯たち。入っていた昆布の味が口の中に広がる。

エリも美味しそうに食べていたので、他の具材の味も問題なさそうだ。

俺が食べているのを見て、それに何よりエリが美味しそうに食べているのを見て、少女たちも渡されたおにぎりを口にする。

恐る恐る一口食べて目を見開き、おにぎりを見つめたかと思うと、後は口を大きく開けてガツガツと食べ始めた。

「うめ～」

「めっちゃうまいじゃん！」

「美味しいです」

「お、やっと口を開いたな」

おにぎりのおかげか、ここまでずっと無口だった三人が声をあげる。

少女は俺が戦っている時に口を開いたきりで、男の子たちに関しては一度も声を聞いていなかった。

「い、いやこれは……」

「大丈夫だぜ、マイ。こいつは信じられる」

「こんな美味しいものを食べさせてくれるやつはそうそういない」

俺の言葉に狼狽《うろた》えながら少年たちの方を見た少女マイに、二人がそう口にする。

どうやら信用できない人間とは口をきいてはいけないという、彼らの中のルールがあったみたいだな。おにぎりのおかげで信じてもらえたようで何よりだ。

「おい、そこのおまえ。俺たちに聞きたいことがあるんだろ？　答えてやるよ」

「美味しいものを食べさせてくれたお礼だ」

活発そうな男の子と落ち着いた雰囲気の男の子が、口々にそう言ってくる。

何とも態度の悪いガキたちだ。親御《おやご》さんはどういった育て方をしたんだか。

「じゃあ、聞かせてもらおうかな」

「おう、何でも聞いてこい」

活発そうな方は、さっきからすごい偉《えら》そうだな。

「じゃあ、まずは一つ。君たちは何故、この森にいる？」

この森の中には、先ほど戦ったように、モンスターがいる。俺としてはそこまで強いモンスターとは感じなかったが、決して弱いわけでもなさそうなので、子供たちだけで過ごすにはこの森は危険すぎる。

また、そもそも彼らは俺たちのことを襲おうとしていた。その理由が知りたかった。

俺の質問に、活発そうな少年が口を開く。

「ここで過ごしているからだ」

「この森で？」

「そうだ、この森でだ。俺はもう二年になる」

「俺も同じく二年」

「私は一年です」

森で過ごして二年と一年。

これはどういうことだ……この森に村みたいなものがあるのか？

「どうして森で過ごしている？」

ごくごく自然な流れで、この森にいる理由を聞いた俺。

しかしその瞬間、三人の表情が一瞬にして強張《こわば》り、雰囲気が変わった。

「捨てられたからだ」

落ち着いた感じの少年がそう口にした。

「俺たちは奴隷として売られることになり、だけど売れ残って、この森に捨てられた。だから、この森で過ごしているんだ。住む場所を決めてからは、森に捨てられた子を見つけて一緒に暮らすようにしている」

その言葉に、俺はただ黙ることしかできなかった。

少女――マイも下を向いて何も言わない。エリも何も言わなかった。

一体、俺は何て声をかけたらいいいんだ。質問したのは俺だ、俺が何か言わなければいけない。

予想外な彼らの言葉に、俺はかける言葉を見つけられなかった。

「まっ、終わったことだ。気にするな」

「二年前のことだしな」

俺が押し黙ったままでいると、男の子たちが笑いながら言った。

どう見ても強がりか、あるいは俺が複雑そうな顔をしていたのを見ての気遣《きづか》いにしか思えなかった。

マイの方を見ると、まだ俯いている。男の子たちはああ言っていたが、マイはまだそこまで気持ちの整理ができてないみたいだ。

「そうだ、名前を聞いてなかったな。俺はシン。こっちがエリだ」

俺はこの空気を変えたくて、話題を逸らした。

「名前か。俺の名前はクウガ」

「俺はカイトだ。で、こっちがマイ」

ここでまた、話が途切《とぎ》れる。

どうしても、今さっき聞いたことが頭から離れない。

「クウガ君、カイト君。そしてマイちゃん」

誰もが黙っている中、エリがにっこりと微笑みながら口を開いた。

「実はね……私も奴隷だったの」

「「えっ……」」

全員が、顔を伏《ふ》せていたマイでさえもがエリの方へと視線を向けた。

エリが三人に何を伝えたいのか、なんとなく予想はついたが俺は何も言わない。ここはエリに任せることにした。

「親には落ちこぼれと言われて捨てられて、奴隷として売られることになった。狐族だからって買ってくれた人もいたけど、私が使えないとわかった途端にストレス発散に痛めつけられて、また奴隷に戻った」

ここまで一気にしゃべって、いったん区切る。

思い出すだけでも辛いはずなのに、エリは話を続ける。

「奴隷商の檻《おり》の中で、私はここで死ぬんだろうな、って思った。一度買われた時に振るわれた暴力で体はボロボロ。精神的にも辛くてしょうがなくて、まともに笑うこともできなかった。そんな私を買ってくれる人なんて、いるはずがない。だからそのまま、誰にも買われずに死ぬんだと思っていたの」

俺には、エリの気持ちがわかるなんて言えない。奴隷になったことがない俺には、それがどれほど辛いかなんてわからないし、彼女だってわかって欲しいとは思っていないだろう。

でも、エリが何を言おうとしているのか、それは俺にもわかった。

「でも、そんな時に私を買ってくれた人がいた。それがシン様」

自然と俺に視線が集まる。

「シン様は、他にも大勢候補がいる中から私を選んだけれど、どうしてもその理由が私にはわからなかった。だから、聞いたの。何故、落ちこぼれの私なのか。その時は、自然と涙が溢《あふ》れてきた。そんな私にシン様は言ったの。この世界に出来損《できそこ》ないなどいない。まだ、できることが見つかっていないだけだ。だから、一緒に探そうと……この言葉は、私にとっては本当に救いの言葉だった。今までの、できない私を否定してくれて本当に救われた。私は出来損ないではない。できることはまだあるんだって、そう思えたの」

エリが笑顔になる。

あの時エリが見せてくれた笑顔にそっくりだった。心の底から嬉しいと感じていることが伝わる、純粋《じゅんすい》な笑顔。

「クウガ君、カイト君、マイちゃん。皆がどうして奴隷になって捨てられたのかは、私は知らない。きっと、辛いことがあったんだと思う。でもね、同じ奴隷だった私だから言えることがある」

一度言葉を切ったエリは、三人の顔を見渡す。

「全員が全員、悪い人間ではない。それだけははっきりと言える。今がどんなに辛くても、いつかは救われるかもしれない。私がシン様と出会ったように、皆にもきっといいことがある。だから、今が辛いなら泣いてもいいんだよ。今が辛いなら、強がらないで涙を流していいの」

いつの間にか、三人の目から涙が流れていた。

彼らはまだ、子供なのだ。それが普通の反応だ。

エリが三人を包み込むように抱き寄せる。

「今は大声で泣いていい。それがきっと、未来に繋《つな》がるから」

エリのその言葉を受けて、森の中に三つの泣き声が響く。

俺は微笑を浮かべながら、エリたちをじっと見つめていた。


俺たちは、住処《すみか》のある森の中で、食べることのできるモンスターを探していた。

この森にはモンスターがそれなりに多いが、カメレオンだったり虫系だったりと、食べられる種類となると数がぐっと減るのだ。

「待てクウガ、マイ。誰かいる」

前を歩いていたカイトが、突然制止してくる。俺の後ろを歩いていたマイも、それにしたがって立ち止まる。

狩りに関しては圧倒的にカイトが慣れているので、索敵《さくてき》のために常に先行するようになっていた。

「きゃぁぁぁぁぁぁぁぁ!!」

「エリ!!」

程《ほど》なくして、近くから女性の悲鳴が聞こえる。それと同時に男性の叫び声も聞こえた。

どうやらモンスターに襲われたようだ。

「今のうちに近づいておこう。モンスターにやられた後なら、何かしら回収できるかもしれない」

俺とマイは静かに頷いてカイトについていく。

俺たちは、常にこうして生きてきた。森に入った冒険者や迷い込んだ商人がモンスターに殺されるのを待ってから、その場に残った遺品《いひん》を持ち帰ったり、余裕があれば森付近の街道で窃盗《せっとう》なんかもしたりしている。そうでもしないと、生き残ることができないからだ。

相手から見つからないように気をつけながら、声がした方向にゆっくりと向かう。しばらく歩いたところで、五〇メートルほど先の開けた場所に先ほどの声の主らしき人影が見えた。

赤の装備を身に着けた冒険者と俺たちと同じ獣人族の女性。そしてその周りには、モンスターの肉片らしきものが散《ち》らばっていた。どんな攻撃をすればあのような肉片になるのか想像ができない。一つわかることは、あの赤い冒険者がずば抜けて強いということだ。

カイトも同じ意見のようで、すぐさまこの場を離れるように合図をする。そのまま、隠れて離れようとした時。微弱《びじゃく》な殺気が肌に触れた。

「キャッ」

急に来た殺気によって、近くにいたマイが思わず声をあげる。小さな声だったので相手には聞こえていないと思うが、少しヒヤッとする。

「おい、マイ。声を出すな」

「ごめんなさい」

マイはカイトから怒られていた。

さっきの殺気が一体何なのかわからないため、下手に動くことができなくなった。

「カイト」

「わかっている。おそらくだが、殺気で相手の位置を探っているのかもしれない」

「それじゃあ」

「ああ、多分だが位置がバレている」

俺たちは押し黙った。

位置がバレているということは、あの冒険者と戦わなければならないということだ。そんなの無理だ。

俺たちが相談している間に、冒険者が茂みに隠れるように動く。位置的にはこちらに向かっているわけではなさそうなので、まだ大丈夫みたいだ。

「なんであいつら、茂みに隠れたんだ……いや、そんなことどうでもいいか。カイト、どうする？」

「……いや、やっぱり下手に動かない方がいいな。それを察知してこっちまで来るかもしれない」

俺たちが動けないでいると、突如《とつじょ》鳥型のモンスターが降りてきた。

茂みに隠れた冒険者は鳥型のモンスターを見ながら獣人の女性と話している。その話が終わるや否《いな》や、男性の方が身構え……

それは一瞬だった。今さっきまでいた場所に男性はおらず、いつの間にか鳥型のモンスターの懐に入っている。そのまま一発殴るだけでモンスターは吹っ飛び、そして絶命《ぜつめい》した。

本能が、ここにいてはヤバいと告げる。どう考えてもあの冒険者に勝てる要素が一つもなかった。

「どうする？　カイト」

「これは……」

いくら狩りに慣れているからといって、カイトがあいつに勝てる見込みはないだろう。

それでも、何かしらの策があるかもしれないと思い聞いてみたが、ダメみたいだ。

そして冒険者は魔法の袋だと思われるものに鳥型のモンスターを回収して獣人の女性と合流すると、こちらの方向を見た。

「マイ、クウガ。やるしかない」

「ああ」

「うん」

覚悟を決めるように頷く。勝てる見込みはない。しかし、逃げることも多分無理だ。

「いくぞ!!」

俺たちから仕掛けるつもりで移動する。マイは単独行動を取り、俺とカイトはまずは獣人の女性から狙うようにする。

だが、身体が一瞬にして固まった。殺気にあてられたのだ。今度は先ほどのものとは比較にならないほど強力な殺気。

それと同時に獣人の女性がこちらに飛び込んでくる。あっという間に捕《つか》まってしまった。

「この子たちは……シン様に相談ですね。言葉はわかりますか?」

どうやらすぐに殺すつもりはないみたいだ。俺は黙って頷く。

「そうですか……ついてきてください」

俺たちは首根っこを掴まれて、獣人の女性に連行される。向かった先では、マイも男性の冒険者に捕まっていた。

グ～。

こんな状況なのにマイのお腹が鳴る。

「話を聞きたいが……とりあえず、ご飯でも食べるか？」

何故か、ご飯を食べることになった。

休憩《きゅうけい》できる開けたところまで移動して、男性の冒険者が料理を作っていく。

材料はいつの間にか手元から出てきていた。魔法袋を使った様子もないし、何かの魔法だろう。あれだけ戦闘力が高いわけだから、何かしらの特別な魔法を持っていてもおかしくはない。

あっという間に料理が完成した。白い三角形の食べ物だ。獣人の女性が料理を持ってきてくれる。火などは使わない簡単な料理だ。しかし、湯気《ゆげ》が出ており温かく美味しそうな匂いがする。思わず唾《つば》を飲み込んだ。

今すぐにでも食べたいが、何か罠《わな》があってもおかしくはない。毒が入っている可能性だってあるのだ。それがわかっているのか、さっきお腹が鳴っていたマイも食べ始めない。

果たして、こんな人がいるのか？　出会った人間に無償《むしょう》で飯を食わせてくれるやつなど……殺されていないだけでも何か裏があるんじゃないかと思ってしまう俺たちとしては、あと一歩、信じるために情報が欲しい。

「食べていいんだぞ」

促されるが食べない。

「シン様。どうやら毒が入っていないか疑っているようです。私たちが食べてからでないと食べないと思います」

「ああ、なるほどな。一応毒見をさせようとしているのか」

獣人の女性が俺たちの意図がわかったようで説明した。男性は俺たちを一度見て、手ごろな場所に腰を下ろす。どうやら始めに口をつけてくれるようだ。

「「いただきます」」

謎《なぞ》の掛け声とともに手を合わせた二人は、料理に口をつける。至《いた》って普通に食べており、獣人の女性に関してはとても美味しそうに食べていた。

それを見て大丈夫だと判断をしたマイが、真っ先に口をつける。俺もすっかりお腹が空《す》いていたので、もらったものを口にした。

その瞬間、甘みが口全体に広がる。噛《か》むほどに味が増してきて、こんな食べ物は食べたことがなかった。中に入っている具材もそうだ。この料理のメインである白い食べ物の味を引き立てている。

「うめ～」

「めっちゃうまいじゃん！」

「美味しいです」

「お、やっと口を開いたな」

あまりの美味しさに、渡された三つの食べ物はすぐになくなった。こんな美味しいものを食べさせてもらったのだ、こいつのことを信じてもいいかもしれない……餌付《えづ》けされたわけじゃないぞ。

「い、いやこれは……」

「大丈夫だぜ、マイ。こいつは信じられる」

「こんな美味しいものを食べさせてくれるやつはそうそういない」

不用心に大人と口をきかないという約束を破ってしまったと思ったのか、マイがひどく狼狽《うろた》えていたが、カイトも俺と同意見で、この冒険者を信じていいと判断したようだった。

その後は、何故この森にいるのか説明してから、簡単に自己紹介をした。

この森にいる理由を話した時、少ししんみりとしてしまったが、もう過去のことなので俺は気にしないことにしていた。マイはやっぱりまだ引きずっているみたいだけど、こればっかりは自分で乗り越えるしかないんだ。

そんな時、エリさんが衝撃《しょうげき》の言葉を放った。

「実はね……私も奴隷だったの」

「「えっ……」」

思わずエリさんを見る。そんな風には全然見えない。

それから彼女が語ってくれたのは、俺たちの心を癒《いや》してくれるような、彼女の経験だった。

きっといつか、救われるはず。

「今は大声で泣いていい。それがきっと、未来に繋がるから」

そんなエリさんの言葉に、涙をこらえることはできなかった。

カイトもマイも同じように、涙を流している。

俺はこれまで、辛かった記憶に蓋をして忘れた振りをして、明るく振舞おうとしていた。

それでも弱音《よわね》を吐いていいのだと、泣いてもいいのだと言ってもらえた。

だから今だけは大声で泣きたかった。俺は人生で初めて、人前で大きな声で泣いたのだった。

6

子供たちの案内で、森の中を進む。

クウガ曰《いわ》く、この森のもう少し深いところに村を作っており、捨てられた人を集めて暮らしているのだそうだ。

三人の子供たちは、ずいぶんとすっきりした表情になっていた。思いっきり泣いたことで心に溜め込んでいたものを吐き出せたようだ。

これは今も隣を歩いているエリのお手柄だな。

「もうすぐ着きます」

そのマイの言葉と同時に、開けた場所に出た。

しっかりとしたつくりの小屋が一軒《いっけん》、掘《ほ》っ立《た》て小屋のようなボロボロの建物が一軒、それからちょっとした広さの畑に、畑よりは小さいくらいの広場があった。

広場では数人の子供たちが走り回っていて、畑の方には誰もいない。見た限りでは、子供しかいなかった。

「大人はいないのか？」

俺の純粋な疑問に、クウガが答えてくれる。

「いないぜ。この村は、捨てられた子供たちだけで作った村だ」

「それは……」

その後に続く言葉が出なかった。

ここにいるのは全て、捨てられた子供たち。さらにここはモンスターもいる森の中、極《きわ》めて危険である。

大人がいないということは、まともに戦える人間もいないということだ。よく今まで生き延《の》びることができたな。

「モンスターとか大丈夫なのか？」

「ああ、この開けた部分だけだけどな。この場所だけはモンスターが襲ってこないぜ。何故だかは知らないが」

クウガにそう言われて、村全体を見る。

森の中で、切り取られたように開けた場所。何か神聖な場所なのだろうか。そうでなくてはモンスターが襲ってこない理由が見つからない。

もしそうなら、何かしらのモンスター避けになりそうな道具や武器が置いてあるはずだが……

「初めてこの場所に来た時、何か不思議なものは見なかったか？」

「不思議なもの？　そんなのなかったぞ？　なあカイト」

「そうだな、色々探してみたけど、怪しいものは見当たらなかったなあ……」

そう言いながらクウガもカイトも肩をすくめる。

「武器でも防具でもいいんだけど……」

「武器とかは自分たちで作った。この石ナイフなんかは、俺の自信作だ」

懐からナイフを取り出したクウガは俺に見せてくる。

うーん、何もないのだろうか……

「クウガ。もしかして、あの石のことじゃないかな？」

「マイ、あれはただの石だぜ。それはないぜ」

「ないない」

「なんだ？　変な石でもあるのか？」

マイが気になることを言ったので聞いてみる。

クウガもカイトも否定しているが、何かあるかもしれないなら確かめておきたい。

「はい、クウガたちはただの石だと言うのですが、私には何か神聖なもののような気がしたんです。私がこの村に来た時には、広場の中央に捨てられるように置かれていたので、今は私が運んで家に置いています」

これは何かあるかもしれないぞ。

「少し見せてもらってもいいかな」

「はい」

俺たちは全員で、石が置いてあるという家にゾロゾロと向かう。

途中、子供たちがこちらをうかがうように見てきていた。好奇心を持ちつつ、何かされるのではないかという恐怖心が混ざった視線。

ここにいる子供たちは皆、捨てられてここにいるという話だから、大人に対して不信感があって当然だししょうがないか。

「ここです」

案内されたのは、しっかりとしたつくりの小屋の方だった。

基本的に全員がこの建物で寝ているようで、中には生活に必要なものだけが揃えられている。

話で出てきた石は、タンスの上に飾られるように置かれていた。

マイがそれを取って持ってくる。

「どうぞ」

「ありがとう」

俺は受け取った石を机の上に置き、じっと見つめる。

確かに普通に見れば、クウガが言ったように何も特徴のないただの石だ。白いことは白いが、輝くほどの白さというわけでもないし、まあよくある石だろう。

しかし、俺だけは信じられない光景を目にしていた。

何かヒントが隠されていないかと、MPを目に集中させることで発動できる魔力眼《まりょくがん》を発動してみたのだ。

この魔力眼というのは普通は見えない魔力の流れを見ることができるものなのだが、この力を通してその石を見たところ、魔力を発していたのだ。魔力自体は極めて微弱だが、おそらくこの魔力によってモンスターが近づかないのだろう。

しかもそれだけではなかった。

「どうしました？　シン様？」

黙った俺に対して声をかけてくるエリ。

彼女には何も見えていないようだが、俺には石の魔力に加えて別のものが見えていた。

「こんにちはなのです」

誰にも聞こえてない、見えてない。しかし俺だけが聞こえる、見える。

石にちょこんと座った小さな女性が、俺に挨拶をしていた。

これはいわゆる妖精《ようせい》ってやつだろうか。

他の誰にも見えていないということは、魔力の塊《かたまり》ということなのだろう。

今の状況で挨拶を返したら、完全に不審者《ふしんしゃ》だ。見えないナニカと会話する不気味なヤツだなんて思われたくない。いや、実際にそうではあるんだけどさ。

とりあえず、エリたちにこのことを伝えることにした。

「皆、聞いてくれ。今、俺の目の前に、おそらく妖精みたいなやつがいる」

「妖精……ですか？」

「そう、妖精だ。俺の魔力眼でしか見えないから、きっと魔力の塊のような存在なんだろう。会話ができるようだから話をするけど、独《ひと》り言《ごと》とかじゃないからよろしく頼む」

俺の言葉に、クウガたちはそんな馬鹿なとでも言いたげな表情を浮かべる。

ただの石と思っていたものが、マイの言った通り本当に神秘的なものだったたからだ。

また、俺が言っていることを信じられないというのもあるだろう。魔力が見えるなんて、常識外れにもほどがある。

だが、ここでクウガたちにその件の説明をするのは時間の無駄だ。とにかく今は、この妖精との話を進めよう。

「こんにちは、妖精さん」

「おお～、こんにちはです。挨拶をしたのに返事がなくて心配したですよ」

「それはすまないことをしたな。さっきの状況で挨拶をしたら色々と問題があったからな」

「確かにそうですね！　納得しましたです」

石の上に座っていた妖精は飛び上がると、そのまま俺の周りを飛び回る。

会話ができて上機嫌なのか、ずいぶんと楽しそうだった。

「さっそくだが……君は何者なんだ？」

「あ、名乗るのをすっかり忘れていたのですよ！　私の名前はドリ。可愛くドリちゃんと呼んでくださいです」

「それはさすがに恥ずかしいな……ドリ、って呼び捨てでもいいか？　俺の名前はシンだ。よろしく」

「呼び捨て結構なのですよ、よろしくです！」

「それで、ドリは木の妖精か何かなのか？」

「そうです。私はこの森を守る妖精です。全属性魔法を操《あやつ》る、偉大《いだい》な妖精なのですよ！」

「じゃあ、この結界も？」

「はい、私の力なのです。困っている子供たちがいたので、落ちていた石に力を込めて結界を作ってあげていたです」

そう言いながら、俺の肩にちょこんと座るドリ。

なるほど、あの石は本当にただの石だったのね……クウガたちもあながち間違ってはいなかったということだな。

「次はこちらの質問ターンですよ」

再度飛び上がったドリは、今度は俺の目の前に静止する。

「シンさんはどうして私が見えるですか？　私はいわゆる魔力の塊みたいなものです。普通の人なら決して見ることができないのです」

「そうだな、それは魔力眼のおかげだな。この力のおかげで、魔力を見ることができるんだ」

「魔眼《まがん》です？」

「いや違うかな。これは単純に、身体強化のＭＰを目に集中しているだけだから」

「MPを目にですか～、シンさんは器用なことができるですね。そんなことができるのは、本当にごくわずかしかいないと思うですよ？」

普通の身体強化では、腕や足などにおおまかな集中はできるが、目や耳といった細かいパーツにMPを集中させるのは難しい。

そのことは、エリたちからも聞いていた。想像がしにくいという理由と、MPが持たないという理由で難しいみたいだ。

「私決めたですよ」

飛んでいたドリが再度俺の肩に止まった。

「これからシンさんについていくです」

突然の申し出に、びっくりしてしまう。

「それは……どうして？」

「面白そうだからです」

「そんなシンプルな理由でいいのか？　それに森の妖精はどうする？」

「森の妖精はやめるです。そもそも、この肩書《かたが》きは勝手に名乗ってるだけですから。名乗る相手もいなかったんですけどね！」

「勝手につけたのかよ……」

「冗談です、ちゃんとした森の妖精なのです。そんなことより仲間になりたいです！」

うーむ、ドリはもうすっかりついてくる気満々みたいだ。一つだけ気になることがあるので、そこさえ問題なければ断る理由は特にはないな……

「もしついてくることになったら、この石は、というかこの結界はどうなる？」

「今のまま、結界を張ったままにすることができるですよ」

「そうか、ならついてきていいぞ」

結界をそのままにできるなら問題ないな。

仲間にすることにしよう。

「ほんとですか！　やったです！　わくわくの旅が始まるです！」

話がまとまったところで、はしゃぐドリを後目《しりめ》に、エリに視線を向ける。じっとこちらを見ながら話を聞いていたようだ。

目が合ったエリが問いかけてくる。

「話は終わりました？」

「ああ、終わったよ」

「終わったです」

ドリも返事をする。

と、ここでクウガたちもこちらをじっと見つめていることに気がついた。

「どうした？」

「……本当に妖精がいるのか？」

どうやら疑われているようだった。

言ったクウガはもちろんのこと、マイもカイトも信じられないとでも言いたげな顔をしていた。

「だそうだぞ、ドリ。姿を見せてやったらどうだ？」

「それは無理な相談なのです」

「ま、そうだよな」

ただでさえおしゃべり好きなこいつのことだ、普段から他の人に姿を見せることができるのなら、そうしているはずだ。

エリはいつものように俺のことを信じてくれているようだった。さすが俺の妻。

「何か証明する方法はないのか？」

「ないです。私は魔力の塊なので魔力しか扱えないです」

「魔力の塊か……」

俺にしか見えない、外の魔力と同じような存在。

そんなやつを他のやつに見せることなどできるのだろうか？

でも、このままだとドリの存在を証明できないし、俺が残念な人だと思われてしまう。

どうしたものか……

「シン様」

黙っていたエリが声をかけてきた。

「今さっき魔力の塊と言っていましたが、どういう意味でしょうか？」

「ああ、魔力の塊ってのは、ここにいる妖精のことだよ。本人曰《いわ》く、魔力が集まった存在なんだとさ」

「そうですよ。私は魔力の結晶《けっしょう》なのです」

そう言いながら俺の肩から飛んで行ったドリは、考え込むエリの頭の上に座った。

耳と耳の間に座る形で綺麗《きれい》に収まるように座ったドリ。なんかちょっといい感じだ。

いやいや、そんなことを考えている時間ではないはずだ。

「一ついいですか？」

考えがまとまったのかエリが顔を上げた。

「妖精さん曰《いわ》く、魔力の塊なのですよね？」

「そうだよな、ドリ」

「何度も言いますけどそうですよ」

「そうみたいだぞ、エリ」

「魔力なので私たちには見えないと？」

「そう……だな。俺の魔力眼にしか見えない」

「でしたら、魔法として見せることはできないでしょうか？」

「ん？　どういうことだ？」

一瞬言われたことがわからなかった。

しかし、少し考えるとエリが言いたいことがわかった。

「魔法みたいに見えるよう、具現化《ぐげんか》できないかということか」

「そういうことです」

魔法とは、自身の体の中のＭＰを具現化して発動するものだ。例えば炎魔法であれば、ＭＰを炎という目に見えるかたちに変換《へんかん》しているわけだな。

つまり、ＭＰを他人に見せるかたちに変換することが、魔法の基本であるとも考えられる。

これを応用すれば、俺が『他人から見える』魔力を作って魔力の塊であるドリに渡せば、周りの人たちもドリを認識することができるようになるのではないだろうか。

「魔法として見せる、か……ドリ、それは可能だと思うか？」

「うーん、わからないですね」

まあ、それもそうか。ただ、やってみる価値はあるだろうな。

「なら、試してみる。やってみないとわからないし」

「わかったです。やってみるですよ」

「そういうことでやってみるわ、エリ」

「わかりました」

いつまでも俺を通して会話していたら頭が痛くなってきそうだしな。

ドリが飛んできて俺の掌の上に乗った。

クウガたちは俺をじっと見ている。まだ疑っているのだろうか。

実際に目で見たものしか信じない主義らしいな。

「じゃあ、やるか」

「了解です」

俺はいつものように、ＭＰが体を通るようにイメージをする。

そのＭＰを掌に集めてドリに流し込むように受け渡していく。急に大量にではなく、ゆっくりと、少しずつだ。

「す……すごいです。何か力が湧《わ》いてくるみたいです」

ドリが何か言っているが、無視して集中する。

普段魔法を使う時も身体強化をする時も、こんなにも集中しながら発動することはない。

ただ、今回はかなり繊細《せんさい》な作業になるので、いつも以上に神経をすり減らしながら作業を進めていく。

「レベルアップするですよ。レベルが2になるです」

集中、集中。

「おお、これは最強ですね。無敵な力を手にするです」

集中、集中。

「今の私は無敵なのです。これで世界を乗っ取りますです！」

「って、うるせえ‼」

思わず、掌の上のドリを掴んで地面に叩きつけた。

こっちはドリのために集中しているというのに、何故集中を乱して邪魔《じゃま》をしようとするのか。

「もう、ひどいですよ、シンさん。か弱い乙女《おとめ》に何をするです」

「それにしては傷がないな」

「私は魔力の塊ですよ。物理攻撃はノーダメージなのです」

「ほほう。それならもう二、三発入れても大丈夫だな」

「それとこれとは別問題ですよ」

そう言いながら俺の肩に飛び乗ってきたドリが頬をパンチしてくる。

が、体格の差もあってか、ペチッ、ペチッといった弱々しいパンチしか飛んでこない。

確かにこれだけ見れば、本当にか弱い乙女だ。

「あの……」

「ん？」

そんなことをしていると、後ろからマイが話しかけてきた。

一瞬何だろうと思ったが、すぐに何を言いたいのか思いあたった。

「ああ、妖精の具現化だよな。もう少し待ってくれ。おい、ドリ！　おまえのせいで皆を待たせちゃってるじゃないか」

「それはシンさんが私を投げたからですよ」

「それを言うんだったら、やっている間は静かにしてくれ」

「私におしゃべりをするなと言うのですか。私は寂《さび》しかったのですよ。やっとおしゃべりできる人に会えたというのに……」

「少しぐらいは我慢しろよ……」

と、俺とドリが不毛《ふもう》な言い争いをしていると、マイが突然大きな声を出した。

「あの‼」

「ん？　どうした」

マイにもこんな大きな声が出せるのか、と驚きながら聞き返す。

「見えています」

「えっ？」

「妖精さん、見えています」

マイは真剣な表情でこちらを見据えている。

「ドリ」

「はい、はいなのです」

本当に見えているのか確かめるために、ドリに移動させる。

右に移動。皆の目線が右に。

左に移動。同じく左に。

もう一度右に移動。同じく右に。

うん。ちゃんと見えてるみたいだな。これで成功か？

「エリ、今どのように見えている？」

「そうですね……あ、シン様も自分で確かめればいいのでは？」

「ああ、そうか。魔力眼を解除すればいいのか」

そう言いながら、魔力眼を解除する。

さっきまでと変わらないドリの姿があった……いや、なんかちょっと薄い感じかな？

俺の魔力をもっとしっかり渡せば、くっきり見えるようになるのだろうか。

「ドリ、しゃべってみろ。おしゃべりなんだろ」

「いいですよ。私はおしゃべり得意な妖精さんなのです！」

うん、俺は問題なく話すことができるな。マイたちはどうだ。

「こんにちはです。私の声が聞こえますか」

「こんにちは。私はマイといいます。声も聞こえます」

「聞こえるですか！　やったです！　また、私のおしゃべり相手が増えたです」

ドリが嬉しそうにマイの頭上を飛び回る。どうやら話すことができるようだ。

おそらくだが、姿を認識することで話もできるようになるのだろう。それまでは声も聞こえなかったことだし、この推測は当たっているはずだ。原理はわからん。

マイがドリと話している間に俺はクウガたちに近づく。

「どうだ、クウガ？　これで信じられるか？」

「ふん。信じるも何も、俺にしてみれば妖精なんざ、いてもいなくてもよかったんだけどな。とりあえず、本当にいたってことにしてやるよ」

本当に可愛くないガキだ。

「カイトはどうだ？」

「……」

クウガの態度にやれやれと思いつつカイトに声をかけるが、ドリをじっと見つめたまま俺の呼びかけに応えない。

「カイト？」

「……え？　ああ、悪い、ボーッとしてた」

もう一度呼ぶと、ようやく反応してくれた。

「いや、妖精のこと信じてくれたか聞こうと思ったんだけど……」

「ああ、そのことか！　ほんとにいたんだな、びっくりしたよ！」

突然テンションが上がったカイトは、楽しそうに口角《こうかく》を吊《つ》り上《あ》げる。

ただ、妖精を見ることができて嬉しいというよりは、何か企《たくら》んでいるような……いや、こんな子供なんだ、考えすぎだろう。

窓の外を見ると、いつの間にか薄暗くなってきていた。

そろそろアルノ村に戻って夜ご飯の準備をしないといけない頃合いだ。

もう少しクウガたちやこの村のことについて聞きたかったが、明日また来ることにすればいいか。

「三人とも、俺とエリは、今日はもうアルノ村に帰る。明日また来るから、その時に今日聞けなかった話を聞かせてもらうぞ」

「いいぜ。何でも答えるって話だったからな」

俺の言葉に、クウガが三人を代表して頷く。逃げたり誤魔化《ごまか》したりするつもりはなさそうだな、安心した。

「エリ、帰るよ」

「わかりました」

エリと一緒に出口の方へ向かう。ドリもちゃっかりとエリの耳の間に座っていた。あれが定位置になりそうだな。

「それじゃあまた明日」

「バイバイですよ。明日来るです」

「失礼しました」

俺たちはそれぞれに挨拶して家を出て、森の中を進んだ。

ドリが道を知っているので迷うことはない。

さて、今日は何を作ろうかな……俺は歩きながら今日のメニューを考えていた。

7

村に戻るにあたって、問題なのはドリの姿が見えるようになってしまったことだった。

妖精というのは、存在は知られているものの、基本的には見ることができないものだ。

一部には、妖精を神様の使いとして崇《あが》めている地域もあるらしい。

そのため、見つかると色々と大変な目に遭う可能性が高いというわけだ。

そのことをドリに伝えると、あっさりと姿を消した。魔力眼で確認したらその場にいたままだったので、他人からは見えないように切り替えてくれたのだろう。

ただエリ曰《いわ》く、姿が見えなくても声は聞こえるらしい。

一度認識すると、身体強化を通さなくても認識できるようになるということだろうか。

とりあえず、基本的には村人の前ではドリから話しかけられても無視することを本人に伝える。

アルノ村の人たちの前でドリが見えていない状態で会話していたら、またしても残念な人に思われてしまうかもしれないからな。

思わず返事をしてしまうこともあるかもしれないので、人前では話しかけてこないようにとも約束させる。

村に着いた俺たちは、昨日料理を手伝ってくれた主婦たちを再び集めて、調理場へと向かう。

エリは昨日と同じく集会所のセッティングに向かい、ドリは俺の肩に黙って座っていた。

調理場の準備が整ったところで、メニューを発表する。

「今日のメニューは、コロッケという料理です」

ミカンちゃんが視線をこちらに送ってくる。

(知っているよな?)

(もちろん)

アイコンタクトで短く会話してから、主婦たちへの説明に入る。

「昨日と同じく作り方を教えるので、皆さんも真似て作ってください」

その言葉に、全員が力強く頷く。今日はどんな料理を作るのかと、楽しみにしているようだった。

さて、コロッケというのは、西洋料理のクロケットという揚《あ》げ物を模倣《もほう》して作られた、日本の洋食だ。カレー同様、明治時代に日本に伝わった。

シンプルなジャガイモのコロッケを始めとして、カニクリームソースの入ったもの、グラタンを使ったもの、カレー味のものなど、その種類は豊富だ。

そんな中で今回作るのは、ジャガイモを使ったシンプルなコロッケだ。

材料は、異世界食材であるジャガイルモ——ジャガイモそっくりな野菜と、玉ねぎの代わりにタマクを使う。

創造召喚で持ってきた地球の牛肉ミンチと異世界ジャガイモ、異世界玉ねぎをかけ合わせ、異世界風牛肉コロッケを作るのだ。

まずはジャガイルモの皮を剥く。

俺の店だったら、一度濡らしてから拭き、ラップをして電子レンジに入れれば簡単に蒸《ふ》かせるのだが、この調理場に、いやこの世界にそんな便利な物はない。オーブンみたいな魔道具はあったが、電子レンジに似たものは一切見たことがなかった。

異世界のジャガイモ、ジャガイルモは、見た目は丸くゴツゴツしており、芽の部分のくぼみがかなり深い。地球にある男爵《だんしゃく》イモに似た感じだろうか。

コロッケはホクホク感が重要なので、しっとりして崩れにくいメイクイーンのような品種より、男爵イモのような崩れやすい品種の方が向いているのだ。きっとジャガイルモの食感も、男爵イモに似ているはずだ。

ジャガイルモの皮を剥いたら、沸騰《ふっとう》した水の中に入れ、柔らかくなるまで茹《ゆ》でる。目安としては、竹串が軽く刺さるぐらいだ。茹ですぎると、崩れやすくなってしまうからな。

茹で終わったらザルにあげて、水気《みずけ》を切ってから鍋にもう一度戻す。

鍋を火にかけて余分な水分を飛ばして粉ふき芋《いも》状態にしたら、ボウルに移してマッシャーやフォークなどで潰していく。この時、潰しすぎるとジャガイモの食感が失われてしまうので、注意が必要だ。

ここまでできたら、タマクと牛肉ミンチを炒めていく。

みじん切りにしたタマクを、弱火でじっくり炒める。タマクが透《す》き通ってきたら牛肉ミンチを入れて、しっかりと火を通していく。

このタイミングで醬油《しょうゆ》と砂糖《さとう》、あとは顆粒《かりゅう》だしを入れて味をつける。味が足《た》りなければ、塩や胡椒《こしょう》で調整する。

だんだん水分が出てくるので、そのまま炒めて水分を飛ばし、油だけが残っている状態になるまで炒めていく。

ここまで炒めたらボウルに移し、マッシュしたジャガイルモと一緒に混ぜてタネを作る。

このまま丸める作業に入るとやけどしてしまうので、少し冷ましてから次の工程に移る。

「ということで、ここまで作ってみてください。丁度皆さんがここまでできたタイミングで、俺の準備したものが冷めるはずなので、次の工程に入っていきます。わからないことがありましたら聞いてくださいね」

俺の言葉を受けて、主婦たちは各自自分の持ち場に移動して作業を始めた。

慣れないはずの手順でもテキパキと動いており、さすが主婦だと称賛《しょうさん》するほかない。

ミカンちゃんは作り方を元々知っていることもあってか、スイスイと慣れた手つきで作業を進めていた。やっぱり俺の店に来て欲しいな……

昨日、両親に相談してみるとは言っていたが、やはり俺が直接言いに行くべきだろうか、なんとか家にお邪魔できないものか。

俺が思い悩んでいるうちにも、皆順調に調理を進めていく。

口を挟《はさ》まなくとも、全員が俺と同じように作ることができていた。上出来だろう。

全員の準備ができた頃には、予定通りに俺のボウルは冷めており、作業がしやすい温度になっていた。

「では、次の工程です」

俺は牛肉ミンチとジャガイルモを混ぜたコロッケのタネを取り、形を作っていく。

分量と形についてはお好みだ。大きなコロッケを作りたいなら大きく、一口サイズのコロッケを作りたいなら小さく取ればいい。形についても、たとえばヒヨコの形にしたって問題なく揚《あ》がる。まあ、揚げる時間が余計にかかったり形が崩れたりもするのだけれど。

今回はお手本として、シンプルな丸いコロッケを作っていく。

形を整え終えたら、揚げ作業だ。

トンカツや魚のフライを作る時は卵とパン粉だけでもいいのだが、芋を使うコロッケでは、タネに卵がつきにくいため、先に薄力粉《はくりきこ》をまぶす必要がある。

この時、薄力粉はできるだけ薄くまぶすようにして、余分なものをはたいて落とす。

それから卵に通して、パン粉を付け、軽く押さえる。

これで準備は完了、あとは揚げるだけだ。

油を一七〇度まで熱し、タネを入れていく。油の温度を判断する目安としては、菜箸《さいばし》を入れて先から泡《あわ》が出るくらい。

そのまましばらく待ち、衣《ころも》がきつね色になったら完成だ。

中身は一度火を通しているので、外側がいい色になった時点で上げてしまって問題ない。

余分な油を落とし、皿に綺麗に盛り付けたら……

「これで完成です」

異世界風牛肉コロッケの完成だ。いい感じに仕上がっていると思う。

俺が準備した分をこのタイミングで全て揚げてしまうと、主婦たちの分が揚がるのを待つうちに冷めてしまうので、とりあえずお手本の一皿以外は揚げずに待っておく。

とりあえずここまで見せたところで、皆が準備している分のタネが冷めたようなので、作業に戻ってもらう。

それぞれお好みの大きさに取り分けていたが、ミカンちゃんは俺が思っていたことをそのまま再現するかのようにヒヨコを作っていた。

見た目通りに子供らしい振る舞いではあるが、前世を含めた年齢で考えれば全く子供ではないということを知っている俺は、なんとも言えない微妙な気持ちになる。しかし、主婦たちからは好評のようで、微笑ましく見られていた。

全員が準備を終えて揚げ始めたので、俺も残りの分を揚げていく。

調理場には、コロッケが揚がるいい音だけが響く。

ふと横を見ると、ドリは静かに俺の肩に座ったまま、目を輝かせながらコロッケが揚がる様子を見ていた。料理を見るのは初めてなのだろうか？

後で聞くとしよう。

揚げ終わったものから付け合わせと一緒に一皿ずつ盛り付け、集会所に持っていく。

そこで気が利《き》くのが俺の妻であるエリだ。待っていた村長さんたちを動かして、運ぶ手伝いをしてくれる。量的に、何回かに分けて往復《おうふく》しなくてはいけないと思っていたのが一回で済ませることができた。

せっかくなので空間魔法にストックしてある炊きたてのご飯も取り出し、コロッケと一緒に全員に配っていく。

「それじゃあ、いただきます」

昨日の夜、話し合いをした際に村長さんに合掌について教えたのだが、村人に伝えてくれていたようで、全員で合掌をしてコロッケを食べ始めた。

周りが美味しそうに食べているのを確認して、俺も一口頬張《ほおば》る。

サクッという軽い音とともに衣が崩れ、中からホクホクのジャガイルモが出てくる。

揚げたてなのでアツアツだ。

牛肉からはほんのりと醤油の味がしてきて、和風な味付けということでご飯が進む。

ソースをかけてみても、塩辛さと芋の甘さが絶妙なバランスでとても美味しい。

今回はジャガイルモとタマクを使ってみたが、いつものコロッケと少し違う感じにできあがっていた。

タマクによっていつもの玉ねぎよりもさっぱりした甘さになり、ジャガイルモを使うことでホクホク感が増していた。ジャガイルモは見た目通りに男爵イモに近い食感ではあったのだが、男爵イモより水分が抜けた感じらしく、そのためホクホク感が増したようだ。正直、男爵イモを使うより、こちらの方が個人的に好みだった。

地球の食材と異世界食材の違いに感心していると、ドリが突然皿の前に出て何かを訴《うった》えてきた。ちゃんと約束を守って声を出さずにジェスチャーで伝えようとしているあたりは健気《けなげ》で可愛らしいが、姿を見せているということは周りの人たちに気づかれてしまうのではないだろうか。

俺は辺りを見渡して、誰もこちらを見ていないか確認する。

俺とエリは村長さんたち村人とは少し離れた所で二人で座っており、なおかつ俺は村人たちに背を向けて座っているので、気づかれていないようだ。というか、食事に夢中でこっちの方を見てすらいない。

「ドリ、俺が小さな声でしゃべれば問題ないから、しゃべっていいよ。というか他の人から見えてるんじゃないのか？」

俺がそう言うと、ドリが飛び上がって俺の目の前で止まった。

「私にも食べさせてくださいですよ！　そして誰に見せるかは私が選べるので、今はシンさんとエリちゃんにしか見えてないのですよ‼」

ペチンッと小さな手で鼻の先端《せんたん》を叩かれた。いや、今さりげなく大事なこと言わなかったか？　見せる相手選べるなら最初からそうしてればよかったのに……

俺がそんなことを考えている間にも、ドリはプンスカ怒りながら何度も鼻を叩いてくる。痛くはないが、中々に鬱陶《うっとう》しいな。

そしてもう一つ、気になることが。

「ドリ、おまえ食事できるのか？」

「できるに決まっているじゃないですか‼」

俺が気になったのはそこだった。

相手は妖精で、自分は魔力の塊と言っていたんだ。それならわざわざ人間と同じものを食べる必要性は皆無《かいむ》じゃないのか？

てっきりそう思っていたので聞いてみると……

「必要あります。ありまくりです。食事は私の楽しみなのですよ」

「食べられなかったらどうかなるのか？」

「不機嫌になるです」

「そうかい」

ペシンッとドリをはたき落とす。

別に食べなくても大丈夫なのかよ。マジに受け取って損した気分だ。

「何をするんですか‼」

「いや、少しイラッときたから」

「イラッときたからといってはたかないでくださいです‼　私は八《や》つ当たり用の人形ではないですよ⁉」

「いや、イラッときた理由はドリだから」

「またまた〜、私は可愛い妖精さんですよ？　相手をイラッとさせるような行動をするはずないです」

「さようですか」

ペシンッ。

二度目のはたき落としに、ドリはテーブルにぶつかってから再び飛び上がってくる。

「何をするですか‼」

「いや〜、なんとなく？」

「なんとなくではないですよ‼」

ますます怒り始めるドリ。

ほっぺたを膨《ふく》らませて怒る小さな姿は、恐いわけもなく逆に可愛い。なんだろう、人形的な可愛さだ。

「私は怒っているのですよ。怒っているのです」

「はいはい、わかったから」

再度ペシペシと俺の鼻を叩いてくる。もちろんこれも痛くはない。

「ほら、コロッケをあげるから」

その言葉に、パァーと顔を明るくするドリだったが、すぐにハッとしたように、怒った顔に戻る。

「私を食べ物で釣《つ》ることはできないですよ」

一瞬喜んだところを俺は見ているんだよ……

「そうか……なら、いらないな。これは俺が美味しくいただくとしよう」

俺がそう言うと、ドリは慌てたように言い返してくる。

「べ……別に許さないわけでもないです。私は妖精、心が広いので食べ物をくれたら許すです」

俺の鼻を叩くのをやめたドリは、チラチラとコロッケを見ている。

まるで餌《えさ》を前にして我慢している犬みたいだ。

「じゃあ、俺は許しを得るためにドリにコロッケを献上《けんじょう》します」

「わかったです。心が広い妖精である私は、これまでのシンさんの行いも全て水に流すです」

「ありがとうございます。では、こちらをどうぞ」

謎の茶番を挟んでから、小さな取り皿にコロッケを載せてドリの前に置く。

コロッケとドリを並べると、サイズがそこまで変わらないことに気づいた。コロッケ二個分で、ドリの身長と同じくらいだろうか。

「くう〜、やっと食べられるのです！　美味しそうなのです！」

すっかりテンションが上がった様子のドリは、さっそくコロッケにかぶりつく。

「全部食べられるの？」

「もちろんですよ。私は美味しいものは残さない主義ですからね」

小さい口をモグモグさせながら食べるドリ。何しても可愛らしいとか、ちょっと反則ではないですかね。

なんだろう、ペットを見ている時と同じ気持ちだ。とにかく愛らしい感じ。大きさ的には、子猫でも飼《か》っているような感じだな。

ああ、それに俺たちと同じ言葉をしゃべってることもあって、よりいっそう可愛らしく感じてくるのかも。

「シン様」

一心不乱《いっしんふらん》にコロッケを食べているドリの姿を微笑みながら見ていた俺に、エリが突然声をかけてくる。

「どう……した？」

振り向いた先のエリは薄く笑みを浮かべていたが、その目は全く笑っておらず、暗く濁《にご》っているように見えた。

え、なに？　怖いんだけど。

もしかしてドリと話しているだけで嫉妬《しっと》したの？

「大変、ドリちゃんと仲がいいようですね」

「そうかな……普通だと思うけど」

「私とそんなに長くお話をしたことがありますでしょうか」

「いや、普通にあると……思うよ？」

「そうですか、フフフッ」

引きつった笑みを浮かべながら俺は答え、エリも軽く笑った。

怖いよな……これ。

ドリも一部始終を見て目を逸らし、無我夢中《むがむちゅう》でコロッケを食べている振りをする。でも、その顔は真っ青《まさお》だった。

とりあえずなんとか機嫌を戻してもらわないと……

「よし、エリ。今日は寝る前にたくさんお話をしようか。これからのこともあるしね」

「はい。そうですね」

俺の提案に、エリはにっこりと笑った。


その後、片付けを終えて家に戻ってからも一問着《ひともんちゃく》あったせいでお話は長引き、ようやく落ち着いたのは満月が天辺《てっぺん》を通り過ぎた頃だった。

「ドリ……女は強いな」

「それはエリちゃんだけだと思うですよ」

疲れて眠ってしまったエリを見ながらの俺の呟きに、ドリはため息をつきながらそう返してくれたのだった。

8

翌日俺たちは、寝不足の目を擦《こす》りながら、ドリの案内により子供たちの住処に向かっていた。

ちなみにここまでで、モンスターの出現はなし。俺が殺気を放っていることと、ドリが結界と同じ魔力を放出しているおかげで、最強のモンスター避《よ》けになっていた。

「ふふーん。私に感謝するのですよ」

「あーはいはい。感謝してます」

自慢気《じまんげ》にしているドリを華麗《かれい》にスルーして、どんどん森の中を進む。

しばらくして子供たちの住処に辿り着くと、昨日は話さなかった子供たちを数人見つけた。

昨日のように遠巻きに眺められるだけかと思っていたのだが……

「あっ、兄ちゃんが来た」

「ほんとだ」

「私に料理を教えてください」

「僕は美味しい料理が食べたい」

そう口々に言いながら近づいてきた。

何なんだこれは⁉

昨日の反応との違いに、困惑してしまう。

アルノ村を出てからは誰にでも見えるようにしていたドリの方も……

「妖精さんだ」

「捕まえろ‼」

「光っているね」

「可愛い～」

子供たちに取り囲まれて小さい体をもみくちゃにされていた。

エリの方にも子供たちが集まっていて、質問攻《しつもんぜ》めされているようだった。

「お姉さんはお兄ちゃんの奥さんなの？」

「お姉ちゃん可愛いね。お兄ちゃんは幸せ者だな」

「ぼ……僕と、結婚してください」

よくよく聞いていると聞き捨てならない言葉もあったが、エリは笑顔のまま物腰柔らかに対処していた。

「兄ちゃん、兄ちゃん。美味しいもの作ってよ」

「私も食べたい」

先ほどからずっと、料理を作って欲しいと言われているが、どうするか困ってしまう。

作ってあげてもいいのだが、とりあえずクウガたちと話をしてからにして欲しい。

「おいおい、何だこれは」

「あっ、クウガ兄ちゃん」

対処に困っていると、見知ったガキがこちらに歩いて来た。

「何の騒ぎ……っておまえかよ」

俺の顔を見るなり、ため息をつくクウガ。

「相変わらず、口の利き方がなってないな。まあいい、とりあえず、このチビたちをどうにかしてくれ」

ムカつくガキではあるが、他の子供を見た感じだとおそらく最年長っぽいし、子供たちもこいつの言うことなら聞くだろう。

「悪いな皆、この兄ちゃんたちは俺らと話があるんだ。何か質問や要求があったら、俺らの話の後で何でも聞いてくれるだろうから、とりあえず待ってくれよ」

　何故か勝手に、後で何でも聞くことになっているがまあいいだろう。俺としてはクウガたちに話を聞ければそれでいいのだ。その後は、質問に答えるでも料理を作るでも、何でもやってやろう。

　クウガの言葉に、集まっていた子供たちが散らばっていく。といってもすぐ近くにいるし、この状況では込み入った話はしたくないな。

「とりあえず、俺たちの家に来いよ」

　それを察してくれたのか、クウガが家の方に歩き始めたので、俺たちもついていく。

　ドリはすっかり疲れた様子で、俺の肩に乗っていた。子供たちにもみくちゃにされていたせいか、どことなくやつれて見える。

「子供たちがあんなに恐ろしい存在だったとは……」

「ああ、そうだな」

　ドリの言葉に、俺はそっけなく返す。

「ほら、入れよ」

　家の前に到着すると、クウガに促されて俺たちは中に入る。

　中にはマイがいて、掃除《そうじ》をしているようだった。

「あ、マイちゃんなのです。遊んでくるですよ」

「はいはい。いってらっしゃい」

マイを見つけたドリは、俺の肩から飛び降りてマイのところへと向かう。昨日一日しか話していないのに、仲良しで何よりだ。

きっとアレだな、マイは石が特別なものだと見抜いていたから、ドリとしては嬉しいんだろうな。

ドリがマイと話をしているうちに、こちらも話を進めていこう。クウガと向かい合うようにして、お互い座る。エリも俺の隣に来た。

「さてと、とりあえず昨日約束したことだし、何でも聞いていいんだよな?」

「もちろんいいぜ。俺たちが知っていることなら教えてやる」

相変わらずの上から目線は気になるが、教えてくれると言っているのでスルーする。

「まずは……昨日聞いた、おまえたちが奴隷だった件についてだ。捨てられたと言ってたが、奴隷登録とかはどうなっているんだ?」

「今日はずいぶんと踏み込んでくるな、まあいいけど。そうだな、奴隷としての登録は、商人に捨てられた時点で消されている」

捨てた後のことはどうでもいいってことなのかな。

「なるほど、それじゃあ今は普通の子供ということか」

「子供じゃないけどな。普通の、森に住む人間だ」

クウガとしては子供扱いされたくないのだろう。そうやって反発している時点で子供だということには気づいてないようだ。

「じゃあ、二つ目だ」

「なんだ、奴隷の話はそれだけでいいのか？」

「それだけでいい。二つ目は食料の件だ」

ビクッ。

俺の言葉を聞いた瞬間、クウガの肩が跳ねて顔が強張《こわば》るのを、俺はしっかりと見た。

これこそが、俺がクウガたちに一番聞きたかったことなのだ。

「食料はどこから調達してるんだ？」

「それはだな……えーと……畑で収穫した野菜の他は、森のモンスターを狩って食料にしている」

さっきまでの強気な態度はどこにいったのやら、目線があっちにいったりこっちにいったりと、空中をさまよっている。挙動不審《きょどうふしん》にもほどがある。

「ほう、それだけか？」

明らかに嘘ということはわかっているが、最終確認をする。

これで素直に話してくれればいいのだが……

「もちろん……だ」

答えは聞いた通りだった。仕方がない、切り札《ふだ》を使うことにしよう。

「ドリ‼」

「呼ばれたのですよ。少し待ってくださいです。はいはい、ただいま戻りました、ドリです」

ドリがマイとの話をやめて、こっちに飛んでくる。俺の切り札、ドリだ。

「森の妖精ドリに聞きたい」

「お～、その響き、いいですね。森の妖精ドリ。人に呼んでもらえると、自分で名乗っているよりはるかにかっこいいです」

「……聞いていいか？」

テンションが上がって飛び回っているドリに、再度声をかける。

「いいなのですよ」

「この森に住むモンスターのうち、人間が食べることができるモンスターは何割だ？」

「そうですね……この森は昆虫が多いので、人間が食べられる種類は少ないですよ？　全体の二割くらいが獣系で、普通に食用にできるのはその半分くらい、さらにここの子供たちが狩れるのはそのまた半分もいないんじゃないでしょうか」

「だそうだぞ。クウガ」

つまるところ、森のモンスターの内でクウガたちが食料として調達できるのは五パーセントくらいってことか。森の妖精が言うのだ。嘘偽《うそいつわ》りはないだろう。

そしていくら野菜を自分たちで育てているとはいえ、その程度の量でこの村全員分の食料を供給できるとは考えられない。

やはり、クウガは食料の出所について嘘をついているということだ。

だが、俺の呼びかけにクウガは俯いてしまって答えない。

「クウガ……謝りましょう」

「マイ……」

沈黙が続く中、いつの間にかクウガの隣に来ていたマイがそう言った。

その声に、クウガは顔を上げて彼女を見つめる。

クウガは後悔《こうかい》と悲しさと悔《くや》しさが混ざったような複雑な表情をしていたが、マイと目が合うと何かを決心したような顔つきに変わった。

「シン。いや、シンさん……アルノ村から食料を盗《ぬす》んでごめんなさい」

クウガとマイは、深々《ふかぶか》と頭を下げた。

俺が予想した通りの結果になった。

村長さんが言っていた、食料を奪っていくモンスターの正体は、クウガたちだったのだ。

モンスターの話を聞いた当初は、そういったモンスターや、あるいはモンスターに擬態《ぎたい》した盗賊《とうぞく》がいるのかと思った。だが、モンスターであれば人も襲うだろうし、盗賊なら食料だけでなく金品や女性たちも狙うだろう。そう考えると、食料だけを狙うというのはおかしな話だった。

だが、このクウガたちなら別だ。

昨日の森の中での、俺たちを狙うために隠れながら近づいてくるほどの隠密《おんみつ》能力。子供しかいない村。

この二つをから判断すると、クウガたちがアルノ村から食料だけ奪っていたのだという真相はすぐに見えてきた。

モンスターの正体が子供ならば、わざわざ大人を襲うことはしないし、金品を奪ってもしょうがない。女を狙うこともないだろう。

「二人とも、顔を上げろ」

俺がクウガとマイに頭を上げるよう言うと、二人は恐る恐るこちらを見てくる。

「反省しているみたいだな」

「別に反省なんか……」

「そうか、反省してないのか」

「クウガ!!」

「反省してます」

生意気《なまいき》なクウガは一度は認めなかったが、マイの言葉ですぐに反省した様子を見せた。

マイの方が年下に見えるのに、クウガは逆《さか》らえないみたいだ。どんな場所でも、女性は強いものだな。エリを含めて……

そんなことを考えていると、隣のエリにジト目で見られる。

「シン様。何か余計なことを考えていませんでしたか？」

「いや、考えてないよ。エリはいつも通り可愛いなと」

「もう、やめてください。それも余計なことですから」

顔を赤くしたエリに肩を軽く叩かれた。

クウガはその様子を見て、ポカーンとしていた。マイは憧《あこが》れのまなざしで見てくる。

「すまん。おまえらの話を忘れていたわけではない」

「大丈夫です。参考になります」

マイがそう言ってくるが、何の参考にするのやら……

まあいい、気を取り直して、話を戻そう。

「どうやら反省もしてるみたいだし、俺は見なかったことにする。こういう言い方をしたらアルノ村の人たちには申し訳ないが、別に俺は怒っているわけではない。生きるために必要だったことはわかってるし、仕方がないことだったかもしれない」

生きるということは、ただでさえ大変なことだ。

ましてや子供たちだけで暮らすのは、それ相応の覚悟がいる。しかし、覚悟だけではどうしてもできないことがある。それが食料の問題だったということなのだ。

「だけど、やっていいことと悪いことも存在する。悪いことだと自覚しながらやるのと、自分が悪いことをしているとも思わずにやるのとでは、意味が違ってくるんだ。たとえそれが、生きるために仕方なかったことだとしてもな」

生きるため、他人から奪う。それが当たり前になるとダメだ。

どこかに悪いという気持ちがあれば、積極的に何度もしようと思わなくなる。実際のところ、この子たちがアルノ村から食料を盗《と》ったのは、苦渋《くじゅう》の決断だったのだと思っている。

初めて会った時に、お腹を空《す》かせていたマイたち。しかしこの子たちの村に向かうと、クウガたち以外の子供がお腹を空《す》かせている様子はなかった。

それを見て考えたのは、クウガたちは奪ってきた食料を、自分たちが食べるのではなく、他の子供たちに食べさせてあげていたのだろうということだった。そんなクウガたちを、俺がどうして責められようか。

ただ、これだけは言っておかないといけない。

「でも一つだけ、知っておいて欲しいことがある。今回の件で、アルノ村は深刻《しんこく》な食料危機に陥った。俺が通りかからなかったら、餓死《がし》する人だっていたかもしれない」

その俺の言葉に、クウガはハッとした様子で顔を上げ、逆にマイは俯いた。

きっとクウガはその可能性を考えることはなく、マイは考えた上で罪悪感を持っていたのだろう。

「そういうことを理解した上で、反省してくれるならそれでいいさ。アルノ村の人たちにおまえらのことを言うつもりはないし、このことは俺たちだけの秘密だ」

まあ、アルノ村の人たちにも、ちゃんと説明すれば許してもらえる可能性はあるだろうけどな。いい人が多いし、俺と同じ考え方の人もいるだろう。

ただ、全員がそうだとは言い切れないし、特に今回はタイミングが悪く、下手をすれば飢《う》え死《じ》にする人も出ていたかもしれない。どんな理由があったとしても、許してもらえるとは限らない。

そのことを考えると、アルノ村の人たちに真実を伝える気にはならなかった。

「マイ、クウガ、それでいいか？」

「でもそれは……いえ、ありがとうございます、シンさん」

「……ああ、わかった。ありがとう」

二人は真剣な顔でこちらを見つめる。どうやら言いたいことは伝わったようだな。

マイの方はアルノ村の人たちに直接謝らなくていいのか気にしている様子だったが、そう簡単な話ではないことを察したのだろう、そのことについて言ってくることはなかった。

「よし、話はこれで終了だ。約束だし、外の子供たちに料理を作ってあげるか」

そう言って俺は立ち上がり、エリとドリと一緒にドアの方に向かう。

マイとクウガは顔を見合わせると、おとなしく俺たちについてきた。

ドアを開けると、広場の方で遊んでいた子供たちがこちらに気づき、大きく手を振りながら名前を呼ぶ。

「シンお兄ちゃんだ！」

「こっちこっち‼」

俺は広場の方へとゆっくりと歩いていく。子供たちのペースに合わせて駆けて行こうものなら、あっという間に体力が切れてしまう可能性があるからな。

子供たちのどこに、あんなに体力があるのだろうか。やっぱりステータスの恩恵で、あんなに元気なのだろうか。

「おそーい」

「すまんすまん」

「料理作って‼　料理‼」

「はいはい、少し待ってな」

子供たちのところに着いて早々、料理の注文をされる。

準備も何もしてないのにどうしろというのだ。

「料理、料理‼」

「わかった、わかったから」

俺の周囲を囲むようにして子供たちが集まって、料理コールを飛ばしてくる。

助けを呼ぼうとエリの方を見るが、彼女もまた囲まれていた。

ここで頼りになるのが……

「おまえら、ちょっとは相手のことを考えろ‼　困っているじゃないか」

「クウガ‼」

年長者のクウガだ。

　クウガの言葉で、子供たちは料理コールをやめる。

「何助かったような顔をしているんだよ。別におまえのためじゃない。俺がお腹空《す》いたからそうしてんだ」

　あきれたような顔でこちらを睨んでくるクウガ。

「素直じゃないな」

「うっせー。おいチビども、おまえたちもお腹空《す》いてんだろ？　だったらおとなしくしろ」

「はーい」

　クウガの言葉で子供たちが散らばった。

　エリの方は囲まれたままだが、まあ大丈夫だろ。俺はどんな料理を作るか考えないといけないしな。

「シン様～、助けてください」

「……」

　助けを求められたら仕方がないな。ドリを送り込むことにしよう。

「ドリ、助けに行け」

「何を言うのですか‼　私にあの中に飛び込めというのですか‼　自殺行為です‼」

「いいからいいから。ほら、後でメシ食わせてやるから行ってこい‼」

ドリの体を掴んで、囲まれているエリの方に投げる。

「あっ、妖精さんだ」

「妖精だ、妖精」

「捕まえろ‼」

「助けてくださいです〜」

ドリが来たことに気づいた子供たちは、逃げるドリを相手に鬼ごっこを始めた。

ふう、これで落ち着けるな。

俺は何の料理を作ろうか考える。

せっかくなら、作る料理は子供たちが好きそうなものにしようと思う。相手に合わせてメニューを考えるのは料理の基本だからな。

となると……あれがいいな。

作る料理を決めた俺は、空間魔法に収納してある食材を確認しながらキッチンのあるクウガたちの家に戻って、準備を開始する。

「創造召喚」

俺は足りない材料を、地球から取り寄せた。

9

今回食事を出す相手は、全員が子供だ。

つまり、子供が好きなメニューを出せば間違いなくウケるということである。

まあそれぞれに好みがあるだろうが、ここは俺が小さかった時に好きだった料理で考えてみよう。

俺が一番好きだったのは、カレーライス。大人になった今でも割と好きだ。

二番目は寿司で、三番目は唐揚《からあ》げだった。

この三つはこの世界に来てから既に作ったものなので、せっかくならまだ作っていない料理を選びたいと思っている。

ということでチョイスしたのは、俺が四番目に好きだった料理……ハンバーグだ。

ハンバーグと言えば、お手軽なファミレスから高級ステーキハウスまで、様々な場面で登場する肉料理だ。

一見シンプルに見えるが、ひき肉の配合、焼き方、ソースの種類など、奥が深い料理である。


さて、今回取り寄せた材料のうち、最初に手にしたのはタマクだ。

まずはこいつをみじん切りにして、フライパンで炒めていく。

ここで塩を少し足すことで、タマクに甘みが出てくるので、忘れずに入れる。

軽く色がついてきたところで、ボウルなどに移して冷ましておく。

また別のボウルに、パン粉・ムーモミルク・卵を入れて混ぜ、ブラックペッパー・塩で調味する。

このムーモミルクというのは、この世界で採れる乳のことで、濃厚《のうこう》な口当たりながらさっぱりとした後味が特徴だ。料理の街の近くに、ムーモという牛に似た野生のモンスターがいるのだが、食べ物を渡すとおとなしくなりミルクを採ることができる。今回使っているのは、市場で買ったものではなく、冒険者として依頼を受けて自分で採ったもので、搾《しぼ》ってすぐに空間魔法で保存したため非常に新鮮《しんせん》なのだ。

何故牛乳を入れるのかというと、肉の余計な臭みを取り、味を引き立たせるためである。

これを混ぜ終わったら、先ほどの冷ましておいたタマクとあいびき肉を加え、ヘラなどは使わずに、直接手で揉《も》み込むようにして混ぜ合わせてタネを作る。

しっかりと混ぜ終えたら、冷蔵庫でタネを休ませ、肉に味を馴染ませる……のがいいのだが、今回は時間の短縮のため、このまま形を整えて焼きに入る。

形を整える時のコツとしては、手に取ったタネをキャッチボールの要領《ようりょう》で投げ合い、空気を抜くことだ。こうすることで、焼いている時にひび割れにくくなり、肉汁が逃げるのを避けることができる。

この際、サラダ油を手につけておくのを忘れない。手にくっついてしまうからな。

また、焼いている内に中央部分が膨らんでくるので、綺麗に焼き上げるために、軽く凹《へこ》ませておく必要がある。

ここまできたら、後は焼くだけだ。

最初は強火で両面を焼いて旨《うま》みの汁を閉じ込めてから、蓋をして弱火で中まで火を通していく。

五分ほどそのままにして、竹串を真ん中に刺してみて澄《す》んだ油が出てきたらしっかり焼けた証拠だ。

後はお好みで、大根おろしとポン酢でおろしハンバーグにしてもいいし、トマトソースでイタリアン風にしてもいい。

今回は、ケチャップと中濃ソースを混ぜただけのシンプルなカクテルソースを作った。

焼いた時に出た肉汁を混ぜると、ソースにコクが出るので今回も混ぜる。

ハンバーグを皿に盛り、ソースをかけたら完成だ。

いつの間にか、子供たちが家の中に戻ってきていた。

完成した料理を、美味しそうに見つめている。ドリは疲れきった様子でエリの肩に座っていた。

「何これ？　見たことない」

「すごい美味しそう！」

「食べたい、食べたい！」

わらわらと子供たちが集まってくる。今にも飛び掛かってきそうだ。

「ちょっと待って、ちょっと待って。ちゃんと皆の分も焼くから、順番を守ろうな」

「はーい」

素直な子が多く、あっという間に一列に並ぶ。どっちが先かで喧嘩《けんか》になりそうな子たちもいたが、

「おまえら、喧嘩するなら俺が一番始めにもらうぞ」

というクウガの一言で収まった。

さすが、子供たちの扱いをよくわかっているな。

それからは休むことなく、焼いては渡し、焼いては渡しを繰り返し、皆にハンバーグを配っていく。配るのはエリに任せて、俺はせっせとハンバーグを焼いていった。

全員に無事配り終えたところで、実食だ。

早く食べ始めないと、最初に渡した子のハンバーグが冷めてしまう。

もちろんご飯も準備した。ただ、器が足りないのでおにぎりにして食べてもらうことにした。

「それじゃあ、いただきます」

「……」

アルノ村の時と同じく、合掌をする前に子供たちが食べ始めていたが……まあしょうがないか。

前におにぎりを食べた時に俺たちの動作を見ていたクウガとマイは真似してくれたのでいいだろう。後で意味も教えて、村の中で広めてもらうことにする。

それじゃ、食べようかな。

俺はハンバーグに箸をつける。

口にした瞬間、肉汁が溢れ出す。ミルクが濃厚だったおかげか、より一層肉の旨みが感じられる。タマクの甘みもよく出ておりいい感じだ。

焼き加減もばっちりで、ほどよく柔らかいハンバーグに仕上がっていた。簡単に作ったカクテルソースの出来もバッチリで、肉の旨みと合わさってどんどんご飯が進む。

子供たちの姿を確認すると、皆笑顔で食べ進めていた。

「モグモグ……やっぱり……モグモグ……美味しい……モグモグ……のです」

俺の隣では、これでもかとばかりに口にハンバーグを詰め込んでいるドリの姿が……まるでハムスターだな。正直行儀《ぎょうぎ》が悪いとは思うが、幸せそうで何よりだ。

エリはというと、子供たちに箸の使い方を教えながら食べていた。

子供たちはこんなにしっかりした料理を食べるのは久しぶりだったのだろう、和気藹々《わきあいあい》とした雰囲気で、食事は進んでいった。


食後、俺はクウガ、マイと三人で家の中にいた。エリは外で子供たちと遊んでいる。ドリはというと俺の肩の上にちょこんと座っていた。

「それで、これからどうするんだ？」

クウガ、マイと向かい合う形で座った俺は聞く。

現時点では、食料を盗《と》ってこなければ生活が立ち行かなくなるというのが現実だ。さらに言えば、それでもまだ足りていない。

なんとかして打開策《だかいさく》を見つけなければ、じきにどうしようもなくなるだろう。

「盗るのはもうやめる。それはもう決めた。でも、このままじゃどうすることもできない。俺がいくらモンスターを倒しても、たいした量は獲《と》れないし、レベルも低いから獲物《えもの》だって限られてくる」

「……」

クウガが俯きながら、呟くようにして言う。

「確かにクウガの言う通り、このままではダメだな」

「あの……シンさんは何か策はないのでしょうか？」

マイが助けを求めるような目を向けてくる。まあ、何も考えなしにここに来たわけではない。

「策なら一つだけある」

「ほんとか‼」

ガタッ、と音を立ててクウガが立ち上がる。

「ただし、条件付きだ」

「条件付き……」

その言葉に、マイが不安そうな表情を浮かべる。

なんでもかんでもタダでやってもらえるほど、この世界は甘くない……とはいえ、特段難しいことを頼むつもりもなかった。

「そんなに身構えなくてもいい、ただルールを決めるだけだ。二人とも、ついて来い。その策を見せてやるよ」

俺はクウガとマイを連れて家を出て、そのまま裏に回った。

そこには何の変哲《へんてつ》もない庭があるだけで、クウガが不思議そうに声をあげる。

「ここは何もないぞ?」

「ああ、わかっているよ。ドリ」

「はいはいなのです‼」

俺の呼びかけに、ドリは肩の上から飛び上がって空中を舞う。そしてその場でクルクル回ったかと思うと、突然静止し、真剣な表情を浮かべた。

「行くですよ……ムムム」

一瞬、ドリの姿がブレる。そして……

「ふん！　分身の術！」

そう叫んだかと思うと、ドリは分身して二人になった。ドリの本体に比べると若干色が薄いが、もう一人のドリがそこにいる。

クウガたちが目を見開いていると、本体の方のドリがふよふよとこちらに向かってくる。

「疲れたのです。もう休みたいのですよ……デザートを要求するです」

「わかったわかった、後で作ってあげるからもう少し頑張《がんば》ってくれよ」

「仕方ありませんね、デザートの分だけ頑張るです……私の分身ちゃん、やるのです‼」

ドリの命令を受けた分身体がその場でクルクル回ると、鱗粉《りんぷん》のような光が舞い、地面に吸い込まれていく。

それがしばらく続くと、今度は地面から芽《め》が出てきた。

「よし、そこまでなのです‼　まあ、こんな感じなのです」

「ということみたいだ」

「いやどういうことだよ‼」

クウガから鋭いツッコミが飛んできた。


時は少し遡《さかのぼ》り、昨日の夜のこと。

俺は、クウガたちがアルノ村の食料を盗っているのではないかと疑っていた。明日会う時に、確認するつもりだ。

もし俺の推測が当たっていた場合、彼らの生活がかなりギリギリだということである。

俺がいる間は食事を作ってやればいいかもしれないが、俺がいなくなった後が問題だ。何かしらの解決策を残していかないと、あっという間に元の生活に逆戻りだろう。

一応、案としては二つほど考えているが、どちらも難しそうだ。

一つ目の案は、このアルノ村に子供たちを呼び寄せるというもの。二つの村を一つにまとめて、自給自足をしてもらうという案だ。しかし、これではアルノ村の人たちの負担《ふたん》が大きく、何の利益もない。子供たちをまともな仕事手の一人として数えることはできないだろうし、もし本当に食料を奪っていたのがクウガたちだった場合、いつかはそれがバレてしまうだろう。そうなってしまった時、どんな問題が起こるかは考えたくもない。

二つ目の案が、子供たちだけで自給自足をしてもらうということ。現時点でも畑はあるようだがこれを拡張し、加えてモンスターを狩って生活してもらうという手段だ。一つ目の案に比べれば現実的だと思うが、自給自足を軌道《きどう》に乗せるまでに時間がかかりすぎるため、俺たちもそこまで面倒は見られないという問題が発生する。

確かにのんびりと旅をするつもりだったが、この近辺で時間を使いすぎるのは避けたいところだ。そう考えると、二つ目の案も厳しかった。

一人でうんうんと唸《うな》っていると、ドリがいつの間にか俺の肩の上に座っていた。

「何を悩んでいるのですか、シンさん？　鬼のような険《けわ》しい顔をしていましたです」

「それは言いすぎじゃないか？」

「そんなわけないじゃないですか、私はいつも本当のことしか言わないですよ」

いつものように冗談を飛ばしてくる……冗談だよな？

「それで、何を悩んでいたのですか？」

「いや、村の子供たちについてなんだが……」

ドリに悩んでいる内容と、考えている案を伝える。

ドリは一応、今まで子供たちを守ってきた妖精なので、関係のない話ではないだろう。

「そんなことで悩んでいたのですか。そこは胸が大きい私に任せなさいです」

お世辞《せじ》にも大きいと言えない胸を張りながら、ドンと叩く。

「何ですか、その目は‼　まるで私に胸はないと言いたいみたいですね‼　妖精にもあるんですから胸は‼　ハッ、もしかして私の胸を見て欲情して……」

「誰がちっぱいに欲情するか‼」

「今、ちっぱいと言いましたね、ちっぱいと‼　私はちっぱいではありませんです‼　妖精の中では大きい方なんです」

「そうですか、それはよかったですね。そんな洗濯板《せんたくいた》みたいでも大きい方なんですね」

「なんでいきなり敬語なのですか‼　断《だん》じて私はちっぱいではないです」

ガチャリ。

「シン様。どうしました？」

集会所の片付けが終わったのか、エリが寝室に戻ってきた。丁度いい。

「ほら見ろ、エリの胸を‼　あれこそ、至高《しこう》にして最高の大きさの胸だぞ」

「くっ、それはそうかもしれませんが……でも、シンさんも思うでしょ。もっと大きければもっと嬉しいと！」

「いや、思わないね。俺はエリの胸こそが最高だと思っている」

「シン様……これは何の会話を……」

「それは違うです。絶対に嫁《よめ》補正が入っているです。普通の男性は大きいものに誘惑《ゆうわく》されるものです」

「そうだな、それは男の性《さが》というやつだ。しかし、俺にとっては……」

エリに近づき、胸に手を当てて……ムニュ。

手に収まる丁度いい大きさ。揉み心地《ごこち》も最高。あれ？　少し大きくなったかな？

「これが一〇〇点満点だ‼」

「変態です」

ドリがジト目でこちらを見ていた。何だよ、その変わり様《よう》は……

「シン様」

エリに呼ばれた俺は、ドリの方へ向けていた顔を彼女に向ける。そこには顔を真っ赤にしながらすごい形相《ぎょうそう》でこちらを睨みつけるエリの姿があった。俺の手は、未だに彼女の胸である。

「ご飯の時にも言いましたが、やっぱりお話が必要みたいですね」

「いや……何も話すことは……」

「来てください‼」

「ちょっと、待って‼　ドリ、助けろ‼」

「頑張ってくださいです‼」

「待ってくれ‼」

俺はエリに引きずられて寝室から出た。そのうえ、お説教の後はご機嫌をとるためにたっぷり話すことになり、結局夜中まで話し込むことになったのだった。

「……と、まあこんな感じで案を考えていた」

「いや、説明になってねえよ‼」

またクウガから鋭いツッコミが飛んできた。

「あれ？　説明になってない？」

確かに言われてみれば、ドリの案について全く触れていない。

「内容抜けていたな」

「さっきの話、後半部分なんて完全に必要なかったぞ！」

クウガのツッコミを受けながら、俺は頷いた。おっしゃる通りである。

ということで、ドリに説明してもらうとしよう。

「ドリ、説明よろしく」

「はいはいなのですよ‼　仕方ないので、この超絶《ちょうぜつ》美人のキュートな私、ドリちゃんが説明します」

「ちっぱいな妖精ドリちゃん、早く説明しろ」

「誰がちっぱいですか‼　まだ言いますか‼」

俺の茶々に、すぐに噛みついてくるドリ。

「おい、いい加減にしてくれ‼　話が先に進まねえ」

ドリと俺の会話を断ち切るクウガ。いかんな、ドリと話しているとついついからかいたくなる。反応がよくていじりがいがあるからだろうか。ドリもノリノリでノってきてくれるし。

さっきから黙っているマイの姿をちらっと見ると、苦笑いを浮かべていた。

なんだか大人げなくて恥ずかしくなってきたので、話を進めることにする。

「ドリ、今度こそ頼んだ」

「わかったです」

ドリも察してくれたのか、すぐに了解してくれた。

「それでは説明するです」

「やっとか、よろしく」

クウガがため息をつきながら先を促す。

「了解です。さて、皆さんもご存じの通り、ここにいるドリは森の妖精です。森の妖精は森に住み、森を守り、手助けするです。そのため、森に関することなら何でもできるです」

森の妖精ドリ。森を守ることの一環《いっかん》として、森に住んでいた子供たちを守っていたということだな。

「それでここにいる私の分身、ドリちゃん2号なのですが……」

「名前がセンスないな」

「何を言うですか‼　私はバリバリにセンスありまくりですよ」

「ドリちゃん2号がか？」

「そうです」

「そうか……」

「シンさん」

またドリをからかっていると、マイに止められてしまった。

「はい、やめます。お話終わりで。おいおい、そんなに睨むなよクウガ。一応、俺は年上だぞ？」

「年上なら年上らしくしやがれ」

特に言い返せないので黙ることにした。いや、しょうがないだろ、ドリちゃん2号って。からかうしかないじゃないか。

「話を戻すです。それでここにいるドリちゃん2号なのですが……」

「ププッ」

ギロリッ。

噴き出してしまったせいで、またクウガに睨まれた。はい、すみません。やめます。我慢します。

「ドリちゃん2号ですが……」

今度はなんとか笑いを堪《こら》える。噴き出してはいけないと思い、口を押さえる。いかん、ツボって震えてしまう。

そんな俺の反応を見たドリは、俯いてプルプルしている。

「んーーー！　もう嫌です、改名です！　ドリドリちゃんにするです‼」

「ドリドリちゃんか‼　またセンスがねえな‼」

「やめやがれ‼」

俺が思わずつっこむと、クウガもつっこんでくる。

全くもって話が進まない。ああ、俺のせいか。

いったん、落ち着く。いい加減先に進めないと、クウガからすごい形相で睨まれている。

「エリさんを連れてきました」

「よし、いい判断だ。マイ」

いつの間にいなくなっていたのか、マイがエリを子供たちの所から連れてきた。これで俺も余計なことができない。

「シン様。一体何をしたのですか？」

「いや、何もしてないよ。ただ、話が進まなかっただけだ」

「そうですか……」

エリがクウガを見る。クウガは未だに俺を睨んでいた。何があったのか、エリにバレてしまったかもしれないな。

「シン様。ドリちゃんと会話をするのもほどほどにしてくださいね。また、お仕置きが必要になりますので」

「はい」

エリは微笑を浮かべながらそう言うが、目が全く笑っていなかった。お仕置きは勘弁《かんべん》だ。

「ドリ、頼んだ。わかるよな」

「わかるです」

昨日のエリが大変だったことを知っているドリは、今度こそ真剣に頷いた。

「それでは本当にあらためまして、説明するです。ここにいるのは私の分身であるドリドリちゃん。私の力を少し受け継《つ》いだ存在です。受け継いでいる能力は二つ。森の中にある植物の成長を促す能力と、結界を張る能力です」

植物の能力の方は、今さっき実践していた、クルクル回っていたやつだな。埋まっていた種に成長を促すことで、普段ではあり得ないスピードで芽が出たのだ。

結界の能力については説明は不要だろう。石に宿している結界と同じものだ。

「私の分身は半永久的に活動が可能です。常に森の中から魔力をもらうことができるので、森がなくなりでもしない限りはいつでも活動ができるです。ただ、しゃべることはできないです」

「ということだがどうだ、クウガ?」

聞かれたクウガは、難しい顔をしていた。ああ、これは話の流れがよくわかってない感じだな。補足してあげよう。

「簡単に説明すると、ここにいる分身を利用して、これからは完全に自給自足をしろということだ。この分身の能力を使えば、村の畑の野菜を、通常以上のペースで収穫できるってことだな。俺たちが出て行った後も同じ方法を続けるために、分身を残して行こうと思っている」

俺としては、いたれりつくせりな方法、なんなら過保護《かほご》なくらいだと思っている。

しかし、ここまでしてあげないと、この子供たちの村は食料の問題であっという間にダメになる。現段階でも盗賊まがいのことをしてやっと食い繋いでいたのだ。

「完全な自給自足、か……」

「そうだ。それが一番の方法だろ?」

もしこの方法を選ばないなら、無理を承知でアルノ村に送り込むしかないが、できればそれは避けたい。

「クウガ……」

「わかってるよ、マイ……シン、その話受けるぜ」

「了解した」

これでここの子供たちは、俺たちがいなくなっても大丈夫だな。っと、忘れるところだった。

「じゃあ、条件を確認した上で契約をしてもらうか」

「条件と契約？」

「そうだ。初めに言っただろ？　条件があるって。タダでそこまで面倒を見ると思ったのか？　しっかり、条件を呑《の》んでもらうぞ」

「く……どんな条件だ？　俺たちにもできることなのか？」

「俺がそんな無茶な条件を出すと思うか？　それにちゃんと確認してもらった上でしか契約する気はないから安心しろ」

「そうか？　ならいいけど……」

「ちゃんと確認して、それで問題なければ契約成立だ」

俺はあらかじめ準備していた契約書を空間魔法から取り出してクウガに渡した。

一、他の村から物を盗らないこと。対象は住んでいる子供たち全員とする。
二、自給自足のため、畑は自分たちでしっかり管理すること。
三、食材の数量管理は自分たちで行うこと。必要以上に作りすぎない、食べすぎないこと。
四、作物の育成記録、および食材利用の記録を取ること。

契約内容は、以上の四つだ。

「こんなことでいいのか?」

クウガは契約書を読み終えてから俺に言った。

俺は当然のように頷く。これはしっかりと考えて作った契約書だ。必要なことのみ書いている。

まずは一、これは口約束だけでは不安なため、拘束力《こうそくりょく》を持たせるために入れている。
二、これはドリの分身になんでもかんでも任せないようにするためだ。楽をして食材が手に入る、と思うことがないようにする。
三、これはドリの分身の負担を減らすためだ。必要以上に野菜を作り、ドリの分身を酷《こく》使《し》させるわけにはいかない。必要な分だけ作り、食べるということが大事なのだ。

そして四。これが俺がやってもらいたい本命。

クウガもこの四番目の項目が気になったようだった。

「……この四の、記録を取ることって何の記録を取るんだ？」

「それは簡単なことだ。どんなふうに育ち、実ったのか、そしてどんな味だったのかを書いてくれればいい。皆の言葉をまとめてくれ。ただ、『美味しかった』だけとかはやめてくれよ」

「どうしてそんなことをする必要がある？」

「だから、言っただろ？　俺だってタダ働きはしない。この記録こそが俺への報酬《ほうしゅう》となるんだよ。それに育てる食材も珍しいものばかりだからな」

「珍しい食材？」

「ああ、そうだ」

俺はそう言いながら、空間魔法で種を取り出した。この種は、この世界の植物のものではない。地球から取り寄せたものなのだ。

この世界の食材と地球の食材では様々な違いがあるということはわかっている。だから、もし地球の植物をこの世界で育てたらどうなるのか、どんな味になるのかを調べることにしたのだ。

味については当然自分でも比べてみるが、この世界の人たちに食べてもらった方が、どのように感じるのかわかりやすい。

「この種は俺が作った秘密の種だ。食べられないものはないので、これらの種を植えて育ててもらう。それを記録として残して欲しい」

「なるほどな、俺たちは実験台ということか」

クウガがこちらを睨んでくる。まあ、そのように捉《とら》えられてもおかしくはないな。

「違う違う。体に異常をきたすようなものはないから大丈夫だよ。そもそも記録の中にも、体調はどうなのかという記録は入れるつもりはない」

「まあ、それならいいが……マイ、俺はいいと思うがおまえはどうする」

「私もいいと思う」

「そうか……なら契約してやる、感謝しろ」

「感謝するのはそっちだろ。これはこっちの提案だからな」

なんでこの期《ご》に及んでここまで偉そうな態度をとれるのかが不思議だ。

「もう、クウガ。ちゃんと頭を下げてお礼を言うの‼」

「いや、それは……」

「お、れ、い」

「わ、わかったよ……シンさん、ありがとう。感謝します」

マイから強く言われたクウガは、嫌々といった様子で頭を下げてくる。まあ、素直になれないのがクウガだとわかっているから、そんな態度も気にならない。

それにしても、クウガもすっかりマイの尻にしかれているな。チラッとエリを見た俺は、ああはならないぞと心に誓《ちか》った。今更かもしれないけど。エリはそんな俺の姿を見て首を傾げていた。

「じゃあ、契約書に名前を」

「はいよ」

紙を受け取ったクウガは座り込むと、近くに倒れていた丸太をテーブル代わりにして、名前を記入する。その後、俺も名前を書いて契約は成立した。

「これで契約が成立したな。ちゃんと頼むぞ」

「わかってるよ。やることはちゃんとやる」

「ありがとうございます、シンさん」

クウガがぶっきらぼうに答え、マイが頭を下げた。これでとりあえず一安心かな。

「それじゃあ、そろそろ帰るとするか。日も傾き始めたしね。とりあえず、今日の分の食材は渡しておく。それぞれの種については、また明日説明するから待っててくれ。そうそ

う、今日渡す食材は、さっき言ってた種から収穫できる食材だから、今のうちにどんなものか食べてみてくれ」

こうしないと、地球で育ったものとこちらで育ったものの比較ができないからな。

「いいのか？」

「もちろん。ただ、どんな味かちゃんと覚えろよ」

「わかっているよ」

相変わらず、可愛げのないガキだな。

「後は……ドリの分身よ。子供たちを頼んだぞ」

分身がコクッと頷き、ドリが大声で叫んだ。

「了解です!!」

「おまえには言ってない、ドリ」

「私の分身に言ってるので、私に言ったのと同じですよ。それに私の分身には、ドリドリちゃんというしっかりとした名前があるのですから、そう呼んでくださいです」

「はいはい、わかりました。それじゃあまた明日な、クウガ、マイ。エリ、行くぞ」

「また、明日来ます」

エリが頭を一度下げてから一緒についてくる。

「大体な、ドリドリちゃんとか名前がダサいだろ……」

「ダサくはないですよ。ねえ、エリちゃん」

「そうですね……でも、もう少しいい名前があるかと……」

「ほーら、言った通り。やっぱりダサいんだよ」

「そんなわけはないです‼」

俺たちは口喧嘩をしながらアルノ村へと戻る。チラッと振り返ると、マイが深く頭を下げていた。

さてと、帰ったら料理だな。今度は何を作ろうか……俺は今日のメニューを考える。

「聞いてますかシンさん‼」

「はいはい、聞いてます聞いてます」

それよりも先にドリを黙らせないと……気が散ってろくに考えられないな。

10

アルノ村に戻ってきたところで、ドリには再び村人から見えないようになってもらう。

結局ドリは、道中ずっとうるさかったので、ドリドリちゃんという名前がダサくないと言ってあげたらすぐに黙った。本当にいいのかよドリドリちゃんで、と思わないでもないが、ドリが気に入っているようだし、ドリちゃん2号よりかははるかにマシだと思うことにする。

ドリの相手をしながらだったので帰り道に案外時間がかかってしまい、調理場に向かった時には既に主婦たちとミカンちゃんが料理の準備を進めていた。

「すみません、遅くなりました」

「大丈夫よ。私たちのためにこの街にいてくれるのだから、ちょっと遅れたくらいじゃ怒らないわ。それで、今日は何の料理をするの？」

主婦たちは優しくそう言ってくれた。

今日は、昨日の昼に狩ったレッドストーンバードを使おうと思っていた。ただ、こいつをどうすれば美味しく食べられるのか俺は知らない。

そこで、主婦たちに実際に作ってもらいながら教わろうと思っている。昨日までとは反対のかたちになるな。

「今日はこれを使おうと思っているんですが……オススメの調理法はありますか？」

俺はそう言いながら空《から》の袋に手をつっこみ、空間魔法でレッドストーンバードを取り出す。ただ、あくまでも袋から出したように見えるよう注意する。これで皆、俺が魔法袋を持っていると錯覚《さっかく》するはずだ。まさか空間魔法を使っているとは思わないだろう。とはいえ、魔法袋を持っている振りをしておいた方が後で厄介事《やっかいごと》に巻き込まれないだろうからな。

「あら、レッドストーンバードね」

主婦たちは、俺が取り出したレッドストーンバードの周りに集まる。

すぐに解体作業が始まり、肉と骨に切り分けられていく。肉は丁寧に並べられ、骨は深めの蓋つき鍋に入れられ、火にかけられた。圧力鍋でガラスープでも作っているのだろうか。

手が空《あ》いている人たちは昨日の内に俺が出しておいた材料や残っていた調味料を確認しながら、あれが使える、これも使えそう、と意見を出し合っていた。四、五分で何を作るか決まったのか、ミカンちゃんがこちらに向かってくる。

「作る料理が決まりました。私が作り方をシンさんにお教えしますので、よろしくお願いします」

「そうなのか。よろしくね、ミカンちゃん」

お互いに正体を知っているからやりやすいな。

その後すぐ、各々が材料を取って自分のスペースに移動して料理を作り始めた。

「私たちも作り始めましょうか」

「そうだな」

ミカンちゃんとともにスペースに移動した。ドリは邪魔にならないように肩から降りて近くの椅子《いす》に座る。エリは今は何もすることがないので、近くで俺たちの料理を見ている。最近料理を作れるようになってきていたので、気になるのだろう。

「それで、何を作るんだ？」

「レッドストーンバードのトメト煮込みです」

「トメトは確か……トマトの異世界食材だよな？」

「そうですね」

さっそく、ミカンちゃんと一緒に調理を始める。

まず取り出したのは、タマクと玉ねぎとにんにく。異世界食材と地球の食材が混ざっているのは、タマクの残量が少ないから……ということにしている。実際のところ、まだ残ってはいるのだが、この世界のレシピに地球の食材を混ぜたらどうなるのか、試してみたいのだ。

まずはレッドストーンバードに下味をつけていく。一口大よりも少し大きいくらいに切ってからレモン汁・スライスしたにんにく・みじん切りにしたタマクと玉ねぎ・胡椒をよく揉み込む。

下味をつけ終えたら次はジャガイルモの準備。ジャガイルモは皮を剥いてから、四等分にカットする。四等分では結構大きめで食べにくそうな気もするが、そういう料理なのだろう。レッドストーンバードを切る時も少し大きめに切っていた。

次に取り出したのがトメト。それをある程度潰しながら煮詰《につ》めていく。

ここまでできたら、後はまとめて煮込んでいく感じだな。

深めの鍋で油を熱して、薄くスライスしたタマクと玉ねぎ、潰したにんにくと下味をつけたレッドストーンバードをまとめて炒め、しっかり火が通ったところで煮詰めたトメトを投入する。

さらに先ほどの圧力鍋からガラスープを移し、臭み取りに料理酒を加えて塩で味を調えて煮込む。

一〇分ほど煮込んだところで皿に盛り、緑の野菜……今回は俺が地球から取り寄せたスナックエンドウで飾りつけをしたら完成みたいだな。

作っていて思ったが、確かキューバ辺りの料理に似たやつがあった気がする。名前は、フリカセ・デ・ポヨだったか。

「これは……ミカンちゃんが考案したもの？」

「いえ、違います。元々ここで食べられていたものです。簡単に作れて、鳥系の肉ならば何でも美味しくなるので、よく作られます。平民である私たちにとっては馴染みのある料理なのです」

「なるほどね」

まあ、野菜だって地球と似たようなものばかりなのだ、同じような料理があっても全然おかしくない。味は違うだろうから楽しみだ。

「エリ、昨日と同じようにセッティングを頼む」

「わかりました」

煮込み終わるのを待っている間に、エリに集会所の方をセッティングするように告げると、エリはすぐに準備を始めてくれた。さて、後は待つだけだな。

「シン様。こちらの準備が終わりました」

「エリ、こっちも丁度終わったところだ」

数分後、丁度料理ができたタイミングで、準備を終えたエリと手伝ってくれていた村人たちがやってきた。そのグループに指示を出して、料理を運んでもらう。

グループの中には、村長さんの姿もあった。率先《そっせん》して動くあたり、本当にいい村長さんだと思う。

「シン殿、毎日ありがとうございます。あと数日ですが、引き続きよろしくお願いします」

「大丈夫ですよ。そういった約束なので」

ちゃんとお礼を言うことも忘れない。本当にいい人だ。

三日目ともなるとスムーズに料理も行き渡り、全員が席に着く。

「皆さん準備はよろしいでしょうか。それじゃあ、食べましょう」

「「いただきます」」

全員で声を合わせ、合掌をしてから食べ始める。村長さんに合掌の意味を教えた甲斐《かい》があったな。少しずつでも、こうして合掌が世界に広がっていくのは嬉しいことだ。

そうだ、合掌を広めることも、この旅の目的として考えておこう。

「それじゃあ、俺たちもいただくか」

「はい」

さあ、お待ちかねの食事タイムだ。

先ほどから、なんとなく主婦たちの反応を見ていたのだが、何故か食べながら首を傾げていた。それでもスプーンは止まっていないので、美味しく食べてはいるようだが……もしかして地球の食材を使いすぎただろうか。

俺はスプーンで一口分掬《すく》う。大きめに切ったジャガイルモからは湯気が立ち上っていて、非常に美味しそうだ。

そのまま口に入れた瞬間、ホクホクのジャガイルモが口の中で崩れる。大きめにカットしていたため、味の染《し》み込み具合を心配していたが、そもそも水分が少ない分、スープをしっかり吸っていたようだ。トメトの酸味と程よい甘み、そしてレッドストーンバードの骨から取ったガラスープの味が強く出ていた。

続いて、レッドストーンバード。こちらも少し大きめだが一口でパクリ。

「う……うまい‼」

思わず声が出てしまった。つけておいた下味とは別の、おそらくレッドストーンバード本来のものであろう肉独特の旨みが口の中に広がる。脂身《あぶらみ》の少なそうな部分も食べてみたが、決して淡白《たんぱく》な味ではなく、しっかりとその旨みを主張していた。シンプルに串で焼いて、焼き鳥にしても美味しそうだ。

トメトスープということで、ご飯に合うか心配ではあったのだが、かなり相性《あいしょう》がよかったようで、食べ進める手が止まらなかった。材料を大きめに切っていることで食べ応《ごた》えもあり、おかずとしてもピッタリだ。

隣に座るエリも、そしてその陰《かげ》に村人から隠れるようにして座っているドリも、美味しそうに食べていた。あっという間に皿が空《から》になり、おかわりの行列までできている。

「シンさん」

「ん？　どうしたんだ、ミカンちゃん？」

食事が一段落し、行列を眺めながらゆっくりしていると、ミカンちゃんが話しかけてきた。

「今日この後、お時間は空《あ》いていますか？」

この後は、料理を片付けて寝るだけで、特に何かをする予定はないな。

「空《あ》いているけど……どうした？」

「よかったです。実はこの後、家に来て両親に会って、お話をして欲しいんです」

「ああ……そういうことか」

その言葉で納得した。おそらく、俺の店で働くことを決意して、両親に相談してくれたのだろう。それで、両親の説得のために同行して欲しいのだ。彼女の両親はこの集会所にもいるはずだが、ちゃんとした場を設《もう》けて説得をしたいということだな。

俺としても、どこかしらのタイミングで挨拶に行くつもりだったので問題ない。

「大丈夫ですか？」

「大丈夫だ。今日、そちらに行くよ」

「ありがとうございます。両親には、食事の後にシンさんが来ることは伝えておきますので」

「うん、よろしく。あっ、それと一つ聞きたいんだけど、ミカンちゃん的に今日の料理の味はどうだった？　何人か首を傾げてたんだけど……」

この料理を食べ慣れていて、かつ地球の食材を知っているミカンちゃんなら、理由がわかるかもしれない。

「そうですね……いつもと味が違います。おそらくですが、にんにくや玉ねぎなど、地球のものを使ったためでしょう、微妙に風味が変わっていました。首を傾げていたのは、その点が気になった人たちだと思います。いつもより美味しいとは言っていたので、心配しないでいいと思いますよ」

やっぱりそうなのか……俺は初めての料理だったから美味しく食べてたけど、こっちの味付けに慣れてる人からしたら少し違和感があったんだな。

「ありがとう。まあ、美味しいなら大丈夫だな。それじゃあ、後でそちらに行くよ」

「わかりました。失礼します」

ペコリと頭を下げてミカンちゃんは離れていった。ちゃんと説得しないとな。

「シン様」

「ん？　どうした？」

呼ばれて振り向くと、すごい形相でこちらを睨むエリの姿があった。はて、何かしたかな……

「さっきの会話は何ですか!!　まるでご両親に結婚の挨拶に行くみたいじゃないですか!!」

「いや違う、誤解《ごかい》だ!!」

「誤解も何もありません!!　今日も反省会です!!」

ものすごい勢いで首根っこを掴んできたエリに抵抗することもできず、俺はズルズルと引きずられていく。

「ほんと、誤解だって!!　だから、話を!!」

「聞きません。ここではなんですから、お外でお話ししましょうか」

まだ片付けもしてないのに！　というかホントに怖いんですけど！　にもかかわらず、村人たちからは優しい目で見られていた。ドリに助けを求めようとするが、こちらと目を合わせようともしない。堂々とした無視である。覚えていやがれ!!

……一五分後、俺は冷たい地面の上での正座から解放されていた。しっかりと説明をして、ただ単にスカウトをしただけだと理解してもらえた。

「すみませんでした」

エリが何度も頭を下げてくる。

「大丈夫だって。気にするな」

「それでも、すみませんでした」

どうやら、とても反省しているらしい。別に俺はわかってくればいいので気にしない。それにこれも、ある意味エリの愛情表現だと思って受け止めている。

「だから気にするなって。エリがそんな誤解をしちゃったのも、俺のことを好きだからこそだろ。それにな……俺が好きなのはエリだから大丈夫だよ」

「シン様……」

エリがうるうるとした目でこちらを見上げてくる。少し恥ずかしくなってきた。こんなクサいセリフ、エリを奴隷にした時以来だ。

「じゃあ、そろそろ戻ろうか。時間も経っちゃったし、ミカンちゃんの家にも行かないといけないからね」

「はい」

そう言って戻ろうとすると、エリが手を開いたり閉じたりしていたので、手を繋いであげた。

集会所に戻ると、もう食べている人はおらず、片付けも終わっている状態で皆が席に着いていた。俺たちの食器も片付けられていた。なんか申し訳ないな。

「お待たせしました」

「いえいえ、誤解は解けましたかな」

「はい、この通りです」

代表として話しかけてきた村長さんに、繋いでいる手を見せる。エリは少し恥ずかしそうに、顔を赤くしていた。

「それは何よりですね、仲がいいのが一番ですから」

村長さんはそう言って席に戻る。誰も家に戻っていないと思ったら、これはあれだな。あの挨拶を待っているようだ。

「それでは皆さん手を合わせてください」

手を合わせるのを確認する。

「ごちそうさまでした」

「「ごちそうさまでした」」

合掌をした後、村人たちはバラバラと家に帰っていく。

「シンさん」

「ああ、ミカンちゃん」

皆が帰っていく中、ミカンちゃんがこちらに来た。

「私の両親は先に帰って準備をしているはずですので、私が家の方まで案内します。ついてきてもらえますか？」

「エリ、大丈夫だよね」

「はい、大丈夫です」

「いいよ、行こうか」

予定では俺一人で向かうはずだったが、エリの誤解を解く際に、彼女もついてくることになった。

ミカンちゃんはエリを見ても何も言わないので、一緒でもかまわないということだろう。

「それでは案内します」

そう言いながら、ミカンちゃんが出口へと向かうので、俺とエリもついていく。あれ？

何か忘れているような……

「どうしました、シン様？　ミカンちゃんは進んでおりますよ」

何か忘れているような気がして立ち止まっていたら、エリに声をかけられる。本当に何かを忘れているような気がしているのだが……

「そう……だな。いや、大丈夫だ」

考えることをやめてミカンちゃんについていった。大事なことだったら、どこかのタイミングで思い出すだろう。

集会所を出て二、三分ほどで、ミカンちゃんの家に到着した。かなり近いように感じたが、そこまで広い村ではないので当然か。

「それではシンさん、お願いします」

「ああ、任せておけ」

ミカンちゃんが家の扉を開ける。

「ただいま、シンさんたちを連れてきたよ」

「お邪魔します」

ミカンちゃんに続いて家に入ると、ふんぞり返りながらこちらを見る男性と、おっとりとした笑みを浮かべる女性が椅子に座っていた。

男性の方は、見るからに不機嫌な様子で、こちらを軽く睨みつけている。一言も言葉を交わしていないのにこの態度……説得には骨が折れそうだなと俺は思った。

「遅かったな……一体何の用だ」

「あらあなた、いきなり強気ね。まずは、座ってもらいましょう」

「……そうだな」

男性の方はこちらを睨みつけつつも、おとなしく女性の言うことを聞く。やっぱりどこも女性の方が強いのは変わらないか……ちょっと同情してしまった。

「まずはこちらに座ってください。話はそれからです。ミカン。あなたはこちらです」

「わかった」

女性はそう言いながら席を立つ。俺は言われた通り、机を挟んで男性の対面に座り、エリは俺の隣、ミカンちゃんは向かいの男性の隣に座った。それと同時にお茶が出される。

「粗茶《そちゃ》ですが、どうぞ」

「ありがとうございます」

お茶を出した女性も向かいの席に着いた。これで話の準備ができたということだ。

「これでいいな。単刀直入《たんとうちょくにゅう》に聞く。一体何の用だ」

声のトーンを一つ落として、男性が口を開いた。

「あらあら、自己紹介もしないのかしら、あなた」

「……そうだな」

女性の方が口を挟み、またうやむやに……何かいまいち締まりがない。

「じゃあ、俺からだ。ミカンの父のアルゴだ」

「その妻のシズです」

「ではこちらも。料理人をしております、シンと申します。隣にいるのは妻のエリです」

「エリです。よろしくお願いします」

お互いに挨拶をして名前を聞く。村長の家や集会所で見た記憶がある顔だし、俺のことを知っているとは思うが、一応しっかりと名乗っておく。

「これでいいな。シズよ」

「そうね……後はあなたに任せるわ」

アルゴさんは、今度こそ口を挟まれないかシズさんに確認をとってから、こちらを見た。

ここから本番だな。

「では、再度聞こう。何の用だ」

アルゴさんは軽く咳払《せきばら》いをしてから口を開いた。三回目になるのでそれほど怖くなかった。

「はい、相談があって、お邪魔させてもらいました。自分は料理の街でレストランを開いています。現在は弟子に店を任せて料理の旅に出ていまして、この村にはその途中で立ち寄ったのですが……単刀直入に言います。ミカンちゃんを、自分の店の調理師として、ぜひとも雇いたいのです」

「……雇いたい？　結婚の申し込みではないのか？」

「ちょっ、お父さん⁉」

「は？」

　思わず、すっとんきょうな声が出てしまった。いやいや、アルゴさんもそんなエリと同じような勘違《かんちが》いをしてたんですか。

「いえいえ、そんな申し込みをしに来たわけではありません。自分には既に妻がいますから。私は妻は一人しかとらないと決めています」

「シン様……」

　俺の言葉にエリがうっとりとする。正直なところ、二人以上も奥さんがいるとか、考えつきもしなかった。元々、日本では一人しか妻にできないし、せっかくの異世界だからハーレムを……なんてことも考えなかった。何より俺はエリのことが大好きだ。これで十分。

「そうか……雇いたいだけか……」

「ふふふ。だから、あなたは心配しすぎです」

「だってよう……俺の可愛いミカンが取られると思うといてもたってもいられなくてよ」

「もう！　だから違うってずっと言ってるじゃない！」

安心したような表情を浮かべたアルゴさんが、椅子に深く座りなおす。どうやらそこだけが心配だったようだ。だからあんなに睨んできてたのか……

「それで雇うことについてですが……」

「いいぞ。そのぐらいなら認める。ただし!!」

ずいっとアルゴさんが近づいてくる。

「もし結婚するなら俺に伝えること。まあ許さんが……わかったな!!」

「もう、お父さん!!」

「うふふ」

顔を真っ赤にして怒っているミカンちゃんと、微笑みを浮かべているシズさん。

とりあえず、雇うことは許してもらえたみたいだな。それじゃあさっそく、アルゴさんが見ているところでミカンちゃんと契約を結《むす》ぶことにしよう。保護者が確認することは大事だからな。

「では、従業員として正式に雇うために、契約を結んでもらっていいですか? 自分の店では、こうして契約書に名前を書くことで、ちゃんとした従業員として雇うことを明確にしているのです。内容はじっくりと確認してもらっても構いません」

契約書の紙をミカンちゃんに渡す。そこから両親であるアルゴさんたちに渡り、中身を確認してもらった。

「うむ。いいだろう。ミカン。名前を書きなさい」

「わかった」

確認を終えたアルゴさんから契約書を渡されたミカンちゃんは、迷うことなく記名する。

「はい」

「ありがとう」

ミカンちゃんから手渡された契約書に俺も名前を書けば、契約が成立だ。

「これで正式に雇うことが決定しました。いつから働き始めるのかなどについては、また連絡しに来ます」

これでやるべきことは終わりだな……さ、帰るか。

「うふふ。それにしてもあなたが認めるなんてね」

「シズ……どういうことだ」

帰り支度《じたく》を始めた俺を見ながら放たれたシズさんの言葉に、アルゴさんは怪訝そうな顔をする。

「だってそうでしょう？　雇われるということは街に行くのよ。そしたらミカンとはしばらくはお別れ。ミカンのことが大好きなあなたが認めるなんてね」

「……なんだと」

アルゴさんがピタリと止まり、ギギギとこちらに顔を向けた。これはまだ、帰れそうにないな。もう少し話は続きそうだ……

「どういうことだ‼　騙《だま》したのか‼」

アルゴさんが詰め寄ってくる。

「騙していません。そのことはわかっているものだと……」

「俺の、俺の可愛いミカンと別れるだなんて認められるか！」

「お父さん‼　私はお父さんのものじゃない‼」

「そんなわけはない‼　俺のミカンだ‼　俺の可愛いミカンだ‼」

たまらず口を挟んだミカンちゃんに対してすらはっきりと言い切るその姿は、娘を溺愛《できあい》するただのお父さんだった。さすがに重症《じゅうしょう》すぎる気もするが……

ミカンちゃんも心底嫌そうにしているし、お父さんをどうにかして‼　と目線で訴えてきていた。

「アルゴさん。ミカンちゃんは確かにあなたの娘さんですが、それ以前にミカンちゃん自身のもので、アルゴさんのものじゃないですよ」

「いいや、俺が育てたから俺の……」

「あなた……うふふ」

俺の言葉にも耳を貸さないほどに暴走《ぼうそう》しているアルゴさんの後ろに、シズさんが笑みを浮かべて立っている。その手には何故かフライパンが……

「お……おい、シズ。そのフライパンはなんだ……」

「何もありませんよ、ええ。あなたが暴走さえしていなければ、何もありません」

「暴走などしていない。大丈夫だ」

シズさんの言葉にアルゴさんはシズさんから離れるようにして後ずさる。

お、今が説得のチャンスなのでは。

「アルゴさん。ミカンちゃんの主張を聞いてあげてください」

俺がそう言ってミカンちゃんに目をやると、彼女は大きく頷いた。

「お父さん。私、シンさんの店で働く。私は私自身のもの。お父さんのものじゃない‼」

アルゴさんはその言葉を聞くと震え出し、ミカンちゃんに駆け寄って抱きしめた。

「やめてくれ……俺の可愛いミカンなのだ。俺から離れないでくれ。俺の可愛いミカン。俺を見捨てないで……ヘブシッ‼」

ミカンちゃんに抱きついているアルゴさんの頭に、フライパンが振り下ろされた……縦《たて》で。アルゴさんは思わずミカンちゃんから離れ、頭を押さえる。

「あなた……暴走はいけませんよ？」

「いや、ただ俺はミカンを手放したくないだけで」

「うふふ……ですから、それがダメなんですよ？」

シズさんは笑いながら、フライパンを構える。

「や……やめ、俺が言っていることはただ、ヘブッ‼」

フルスイング。

「シズもミカンとは離れたくな……ヘブッ‼」

もう一度、フルスイング。

「シズ……ヘブシッ‼」

最後は名前を呼んだだけでフルスイング。容赦《ようしゃ》がない。アルゴさんは血を流しながら気絶した。

「うふふ」

それを見てシズさんは少し笑い、こちらに向いた。

「ごめんなさいね、夫が大変迷惑をおかけしました」

「い、いえ……大丈夫です」

そう返したが、俺の顔は引きつっていることだろう。この惨劇《さんげき》を見た後では、何も言えない。てか、アルゴさんは生きているのだろうか……心配だ。

「ミカン」

「はい」

シズさんの呼びかけに、ミカンちゃんは背をピシッと伸ばして返事をする。どうやらミカンちゃんも、このような事態は初めてのことらしく、動揺しているようだ。

「あなたの人生ですから、私は何も言いません。お父さんは私が説得します。離れる時は笑顔で送り出してくれるでしょう。というかそうさせます」

「はい」

「ですので、心配せずに準備をしてね」

シズさんが言い切るのだから、きっとそうなるのだろう。

シズさんはこちらに向き直ると、にっこりと微笑む。

「思ったより時間がかかってしまいましたね。お二人とも、引き留《と》めてしまってすみません」

「いえ、とんでもないです。それではまた、ミカンちゃんを連れて行く時に、伺《うかが》いますね」

俺の言葉に、シズさんは黙って頷いた。

「それでは、お邪魔しました」

「お母さん、私、送ってくるね」

俺とエリは挨拶して家から出る。ミカンちゃんは俺たちを送るために一緒に出てきた。

俺たちは来た道を戻る。

「すごい夫婦でしたね、シン様」

「そうだな。それをミカンちゃんの前で言うのはどうかと思うけどな……」

ハッとしたエリは、ミカンちゃんに謝る。

「すみません。考えもなしに」

「大丈夫です。あんな姿、私も初めて見ましたから……」

苦笑しながらミカンちゃんは言った。

「まあ、なんだ……がんばれよ」

そんなミカンちゃんにかける言葉が見つからず、俺はただ短くそう言う。

その言葉を受けたミカンちゃんは、困ったように力なく笑うのだった。

泊まっている家の前に着いたところで、ミカンちゃんは帰っていった。

そして、今日も濃い一日だったと思いながら家の扉を開けた途端——忘れ物の正体がわかった。

「なんで置いていくのですか‼　私は激《げき》おこなのですよ‼」

11

扉を開けるとそこには、プンスカ怒るドリがいた。何か忘れ物がある気がするとは思っていたが、まさか物ではなく人……いや、妖精だったとは。

「いや、すまんすまん。忘れていた。ずっと、何を忘れてるのか思い出そうとしてたんだよ？」

「思い出せなかったのなら意味がないのですよ‼　うう、私は傷ついたです」

ドリはそう言いながら顔を手で覆《おお》う。演技があまりにも下手すぎて、ウソ泣きなのがバレバレだ。それに指の隙間からチラッ、チラッとこちらを見るあたりがドリらしい。

「ごめんなさいドリちゃん。私も忘れていました」

エリはウソ泣きとわかっていないのか、謝っている。エリのこういう純粋なところが好きなんだよな。

「エリちゃんはいいのですよ。許すです」

エリの言葉を聞いたドリは、すぐに顔を上げて許す宣言をする。俺の時と態度が違いすぎるだろ。

「おい‼」

「何ですか？」

「何ですかじゃないだろ。俺だけに厳しすぎないか？」

「それは仕方がないことですよ。エリちゃんは可愛いから許すです」

ない胸を張りながら、高らかに宣言するドリ。ドヤ顔をするあたり……本気で言ってるなこれ。

「ふふん。シンさんがどうしてもと言うなら、救済措置《きゅうさいそち》もあるですよ」

上から目線でそんなことを言ってきた。救済措置というか、言うことを聞かせたいだけだな。これがドリの本当の目的なのだろう。しょうがない、乗ってやるか。

「おう、ありがたい。その救済措置とやらを教えてくれ」

「さすが、話が早くて助かるなのです」

ドリはそう言うと、エリの耳の間にすっぽりと収まるように座った。

「救済措置は……私とエリちゃんにデザートを作ることなのですよ」

「うむ、デザートか……」

「えっ？　私もですか？」

エリが自分の分までと言われて、驚いた表情をする。まあ、一人分作るのも二人分作るのも一緒だ。どうせ俺の分も作るわけだしな。

「そんなことでいいのか？」

「いいのですよ。私は優しい妖精なのです」

ドリはそう言いながら、エリの頭の上で楽しそうに足をぶらぶらさせる。エリも期待した目でこちらを見ていた。エリを味方につければ確実に作ってもらえると考えて彼女の頭に座ったのだろう。

ドリのくせに、意外と考えていたようだな。

「いいだろう。作ってやる。どんなデザートが食べたいんだ？」

「フルーツを使った、とても甘いものがいいです！　でも、カットしただけとかはダメですよ‼」

ドリは俺の質問に即答した。こいつ、何を作らせるかずっと考えてたな。

「わかった。フルーツを使った甘いデザートだな。エリもそれで大丈夫か？」

「私は食べられれば何でもいいです」

エリはそんなことを言っていたが、はしゃぐ犬のように尻尾と耳が忙《せわ》しなく動いていて、内心ではかなり喜んでいるように感じられた。

「よし、作るか。少し時間がかかるから待ってくれよ」

「了解なのです。その間はエリちゃんとおしゃべりしているのですよ」

「私はシン様の手伝いを……」

「エリ。大丈夫だ。ドリのおしゃべり相手になってくれ。デザートくらいなら一人で作れる」

正直なところ、料理中に近くにドリがいると集中できないのだ。なにせこちらが無視していようと、一人で延々《えんえん》としゃべり続けるからな。もしエリがこちらを手伝うとなると、ドリもついてくるだろうから、それならばエリにはドリの相手をしておいてもらいたい。

キッチンに入った俺は、腕を組んで何を作るか考え始め……

「よし、決めた」

ものの一〇秒で決定し、創造召喚を使って材料を持ってきた。

ドリの注文は、フルーツを使ったデザート。本来ならデザートといえばフルーツだけというのがこの世界の常識なのだが、ドリはエリから、パフェを始めとしたデザートの存在を聞いたようで、自分にも食べさせろということなのだろう。

フルーツパフェでもいいのだが、エリには一度パフェを食べさせているので、別のものにする。

切るだけではダメと言っていたが、時間もあまり取られたくないので簡単なものを作る。

白玉《しらたま》のフルーツポンチあたりが妥当《だとう》だろう。フルーツは切ってシロップに漬《つ》けるだけの簡単な作業だが、この異世界に炭酸飲料はないと思うのでドリやエリにとっては目新《めあたら》しいはずだ。

さて、作っていくとしよう。

まずはフルーツを漬けるためのシロップ作りから。はちみつ・グラニュー糖《とう》・水を鍋に入れて一煮立ちさせ、火から下ろす。粗熱《あらねつ》が取れたところでレモン汁を加え、そのまま一度冷蔵庫にしまって冷やしておく。

冷やしている間に、フルーツをカットする。今回はイチゴ・キウイ・桃・それとモンスターフルーツを用意した。それぞれを食べやすいように一口サイズにカットしていき、冷やしたシロップに漬ける。

次は白玉だ。

ボウルに白玉粉を入れ、水を少しずつ加えながら耳たぶ位の柔らかさになるように練《ね》っていく。固さがわからなくなったら、自分の耳たぶを触れば大体わかる。

練り終えたら、食べやすい大きさに丸めてから指先で軽く押しつぶしてくぼみを作り、成形していく。くぼみを作ることで、芯《しん》の方までしっかりと茹でることができるのだ。ちなみに今回は、ドリがいるので小さめのものも用意している。

たっぷりの熱湯で二、三分茹で、浮き上がってきたらさらに一、二分茹でる。浮かび上がってきても、中まで火が通りきっていない可能性があるため、すぐには取らない。ふんわりとしてきたところで湯を切り、氷水でしっかりとしめる。十分に冷えたら水から上げれば、白玉団子の完成だ。

後は盛り付けるだけ。器に白玉、シロップ、フルーツを入れてから炭酸水を注ぎ、ミントの葉を添《そ》える。これで完成だ。

「できたぞ」

「早かったですね。さっさと食べるですよ‼」

机をバンバン叩き、早く目の前に持ってくるように促してくるドリ。俺は何にも言わず、彼女の前に白玉フルーツポンチを置く。

「は～、綺麗です……ってあれ？　このフルーツ、切っただけではないですか‼」

「よく見ろドリ。フルーツは切っただけだが、何か変わったところがないか？」

「変わったところですか？　これは……シュワシュワしているのですよ」

目をキラキラさせてよだれを垂らすドリ。今更だけど、ドリに対して器が大きすぎたな……食べきれるのだろうか？

「エリ、お疲れ様」

「いえ、私はドリちゃんとしゃべっていただけなので疲れておりません」

そうか？　ドリの相手なんかしてたら、かなり疲れると思うんだけど……

「何をしているのですか！　早く食べるですよ‼」

「はいはい、少し待てって」

一人で食べ始めないあたりは褒めていいかもな。

「エリ、席に着こうか」

「はい」

エリと一緒に席に着く。ドリからは早く食べ始めるように、無言のプレッシャーをかけられていた。

「はいはい。では手を合わせて」

みんなで手を合わせる。デザートでも関係ない。合掌はしましょう。

「いただきます」

「「いただきます（です）」」

ドリが勢いよく飛びつき、器に顔面をつっこむ。おい、炭酸だぞ？　大丈夫なのか？

すぐにドリが顔を上げた。

「うもい、どす」

口をもぐもぐさせながら言うもんだから、何を言っているのかさっぱりわからない。

白玉を頬張っているせいで、リスみたいなほっぺになっていた。一応ドリに合わせて小さめに作ったつもりだったが、それでも多少は大きかったみたいだな……

「ドリ、口の中身はしっかり呑み込んでからしゃべろうな」

「うかったどす」

言ったそばからこれである。まあ、いいか。おいしそうに食べているし。

エリの方も、満面の笑みを浮かべて食べていた。

さてと、俺も食べますか。

俺は目の前に置いてある白玉フルーツポンチを口にする。

まずは白玉から。丁度いい感じに茹で上がっていて、弾力が心地よい。シロップと一緒に食べることで程よい甘さになり、とても美味しかった。

続いてはフルーツたち。地球のフルーツは当然美味しいとして、やっぱり今回の目玉はモンスターフルーツを入れたことだ。俺は迷いなくモンスターフルーツを口に入れる。

モンスターフルーツのアップルパイ味に炭酸水という異様なコラボだが、全然悪くない。

地球では決して味わえない味なので、非常に目新しいデザートになっていた。

「ふう」

いつの間にか食べ終わってしまっていた。エリも物足《ものた》りなさそうな顔をしている。

エリはデザート好きだからな……でも、食べすぎると太る原因になってしまうのでこれ以上は作らないでおこう。

一方ドリはというと、半分ほどを食べてお腹を大きく膨らませ、器に体をもたれかけさせて休んでいた。

やはり体の大きさに対して器が大きすぎたみたいだな。いくらデザートは別腹《べつばら》と言っても、食後だし食べられる量には限界はある。何より炭酸なので、より一層お腹が膨れたのだろう。

「ドリ。大丈夫か？」

「何を言っているですか、私はだいじょ……ウッ」

口元を押さえる。こいつ、吐きそうになったな。

「大丈夫じゃないな。今日はこの辺にしておけ。こいつは保管しておいてやるからさ」

「むう、しょうがないですね。お預けするです」

ドリはそう言うと、器のそばからどいて飛び上がる。重くなっているせいか、フラフラの状態だった。そんなになるまで食うなよ……

「エリ」

「はい、わかりました。ドリちゃん、私に乗ってください。寝室に行きましょう」

一言声をかけただけで何を言いたいのか察知して動いてくれる。これが夫婦のなせる業《わざ》。

「ありがたく乗らせてもらうです」

態度は相変わらず上からだが、素直にエリの耳の間に座った。

「シン様。お先に寝室に行きます」

「おお、よろしく。俺は片付けて行くから」

エリは一礼してから寝室に向かった。今更だけど、人に乗ったりして酔《よ》わないのかな……人の頭の上って思ってる以上に揺れそうだし、乗り物酔いになりそうだ。まあ、その時はその時か。

「よし、片付けるか」

ドリの食べかけの白玉フルーツポンチを空間魔法で収納した俺は厨房に向かい、使った道具を片付けるのだった。

片付けを終えた俺は、寝室のドアを開ける。エリは寝る準備を整えてベッドに座っていた。

「あれ？　ドリは？」

「お花を摘《つ》みに……私に乗っていて具合が悪くなってしまったようで……」

「そうか」

予想通り、酔ってしまったか。心配した通りだな……仕方がない、創造召喚で胃薬を取り寄せてやろう。

「苦しいです……」

ドリがお腹を押さえながら帰ってきた。

「ほら、ドリ、薬だ。体が小さいから量は減らしてある」

「ありがたいです。もらうです」

本当にありがたそうに薬を受け取るドリ。苦しそうにしているが、文句は言ってこない。

「飲んだら寝ろ。明日は元気にしていてもらわないといけないからな」

「わかったです。従うです」

ドリはフラフラとエリのところに行き、ベッドに入って寝た。ドリの寝る時の定位置は、いつの間にかエリの隣になっていた。

「辛そうですね」

「自業自得《じごうじとく》だろ。ただの食いすぎだ」

食い意地を張るからこんなことになってしまうのだ。

「さて、俺たちももう寝るか」

「はい」

お互い、ベッドに入って寝る。村に来て三日目の夜が終わった。

12

アルノ村に着いて四日目の今日は、昨日クウガと約束した通り、渡した種について教えるべく森の中の村へと向かっていた。

「あっ、兄ちゃんだ」

「お姉ちゃんもいる」

「妖精さーん」

村に入ってすぐに、子供たちに囲まれて身動きがとれなくなってしまう俺とエリ。ドリはいち早く逃げ出したものの……

「待って～妖精さ～ん」

子供たちに追いかけ回されていた。楽しそうで何よりだ。ドリは楽しくないと思うけど。

そんな様子を見守っていると、クウガが家から出てきた。

「なんだ、また来たのか」

「種の説明をするって言ったじゃないか」

俺の言葉に、クウガは面倒くさそうに答える。

「そんなの適当に植えれば生《は》えてくるだろ」

「そりゃそうだが、それじゃあ観察はできないだろうが。俺との契約だろ」

「わかってるよ、ちゃんとやればいいんだろ。ほら、裏庭に行くぞ」

渋々《しぶしぶ》といった様子で、クウガが歩き始める。

「ったく、相変わらず可愛げのないやつだな。おーい、エリ、ドリ、行くぞ」

「わかりました。みんな、また今度ね」

「すぐに行くのですよ」

エリは集まっていた子供たちに一言告げて、対照的にドリは逃げるようにして向かってくる。

裏庭に行くと、既にマイがいた。

「マイ、シンたちが来たぞ」

「もう、クウガ。来たぞじゃないでしょ。シンさん、来てくださりありがとうございます。今日もよろしくおねがいします」

クウガのそっけない態度を注意したマイがこちらに頭を下げた。クウガと比べたら対応力が雲泥《うんでい》の差だな。もちろんクウガが下だ。

「何だよ。文句あるのか？」

「いや、何も」

クウガをジト目で見ていたら、こちらを睨みつけてきた。まあ、そういうところがクウガらしくていいんだけどな。

「それじゃあ、今日は種を植えていこう。一応表の方にも畑はあるみたいだけど、そっちとは別に、俺の渡した種専用の畑も作りたい。畑が二つあれば、子供たち全員分でもまかなえるだろう」

そうしない限り、今の状態から抜け出すことはできない。作物の成長速度についてはドリドリちゃんの力で加速できるので、短いスパンで収穫していけるはずだ。畑の面積と子供の数を考えると、節約していれば足りなくなるようなことはないだろう。

「ということで森の妖精ドリ。ここは森の管轄内《かんかつない》だから、ドリの力で耕《たがや》すことができるだろ？」

「もちのろんなのですよ。やってやるです」

元気いっぱいに答えたドリが宙を舞う。どうやって耕すのかと見ていると……

「ドリドリちゃん、来るのです！」

ドリドリちゃんを呼んだだけだった。俺は思わずつっこんでしまう。

「おまえは何もしねえのかよ」

「しているのですよ。ドリドリちゃんはドリの分身なのです。つまり、ドリは働いているのです」

確かに言われてみればそうなのだが……どうなんだ？

「だから、頼むのですよドリドリちゃん」

「……」

ドリドリちゃんはしゃべることができないので、小さく頷いて宙を舞う。

耕したいエリアに、鱗粉のようなものを撒《ま》いていく。初めは何も起こらなかったが、しばらくすると固かった地面がうねうねと動き出し、畑のようなやわらかい土に変わった。

「すごいな」

「すごいですね」

「そうでしょ、そうでしょ」

見ていた俺たちは、ドリドリちゃんのスペックの高さに素直に称賛《しょうさん》の言葉を送る。ドリはそんな俺たちの姿を見て、胸を張っていた。いや、おまえ何もしてないだろ。

黙々《もくもく》と作業していたドリドリちゃんは、撒き終えて俺たちの前まで戻ってきたかと思うと、その場で一回転して決めポーズ。ああ、こんなところはドリに似ているのか。

「どうですか、しっかり働きましたよ」

「そうですかい」

俺はドリの言うことを聞き流しつつ、ドリドリちゃんの頭を撫でる。ドリと同じ顔なのに、可愛く見えてきた。

「何ですか、その態度は‼　扱いが違うじゃないですか‼」

「いや、騒がしいドリよりも、しゃべらないドリドリちゃんの方が可愛く見えてきてな」

「何ですか浮気ですか浮気ですね。最低なのです」

「なあ、それよりか種は蒔《ま》かねえのかよ」

またしてもドリによって話が進まなくなりそうだったので、クウガが話の腰を折る。ナイスクウガ、正直言って助かった。

「それもそうだな、蒔いていくか。昨日渡した種はどこだ？」

「それなら……」

「こらー、まだ話は終わっていないのですよ！」

耳元でドリが騒ぐが、とりあえず無視。いちいち相手していたら、日が暮れてしまうだろう。

クウガが視線をやった方に目を向けると、いつの間にここから離れていたのか、マイが家から種を持ってきているところだった。

「種を持ってきました」

「ありがとう」

持ってきた種を預かる。それを皆に分けて、エリアと種類の担当を決めて植えていく。

今回の種は、野菜中心だ。トマトにキュウリ、玉ねぎにキャベツなど。よく使うものを集めた。

「シン様、お茶です」

「ありがとうエリ。皆にもお願い」

「わかりました」

丁度俺が担当の分を終えたところで、エリがお茶を持ってきてくれた。その後も皆が自分の担当を終えたタイミングを見計らって、配ってくれる。こういう細かな気遣いができる人は、いいお嫁《よめ》さんになる……というのは、いいお嫁さんをもらった俺はラッキーという意味だ。

「さてと、次は……ドリ」

「わかっているのですよ。ドリドリちゃん、やるのです」

俺からドリに、ドリからドリドリちゃんにと、無駄に経由してやりたいことを伝えていく。ドリを通す必要があるのかは謎である。

ドリドリちゃんは昨日やってみせたように、鱗粉を飛ばして畑中に撒いていく。全体に行き渡ったことを確認すると、戻ってきた。

「これで成長が促されるのですよ」

「ありがとう」

「ふふん、もっと感謝するのです」

本来ならドリドリちゃんに向けるべき言葉だが、ドリに対して言っておく。ここで変にイジって騒がれても面倒くさいからな、ここはご機嫌を取ることにした。

これでこの畑は一段落ということで、クウガとマイは座りこんで休憩していた。

昼も近くなっていることだし、子供たち全員分の昼食でも作ろうかな。

「エリ、昼食を作るから手伝ってくれ」

「はい、今行きます」

水を配っていたエリが、こちらへと駆け寄ってくる。

「あの、シンさん。私も手伝っていいでしょうか?」

俺の声が聞こえたのか、マイも立ち上がって手伝いを申し出てきた。

「ん? 別にいいけどどうして?」

「料理がうまくなりたいので……」

「そうか、なら手伝ってもらおうかな」

料理がうまくなれば、女子力アップでモテモテになれるもんな、勝手なイメージだけど。

まあ、マイの場合はそんな理由ではなく、言っていた通り、純粋に料理がうまくなりたいのだろう。

「クウガ、後はドリに従って、もう一面畑増やしといてくれ」

「どうして俺が」

「料理作るのか?」

「いや、いい」

俺の質問に、即答するクウガ。どうやら料理は苦手《にがて》みたいだな。

「それじゃあ、よろしくな。ドリ、頼んだぞ」

「了解なのですよ。さあクウガ、やるですよ」

「呼び捨てにするなよ」

「私は妖精ですよ。私の方が偉いのですから、従うのです」

「妖精とか関係ないだろ。それとさっきから何もしてないじゃないか」

「うるさいのですよ。私はドリドリちゃんに命令するという仕事をしっかりしているのです」

「それのどこが仕事なんだよ。もっと目に見える形で仕事をしろよ」

「ふん、わかったですよ。やってやるです」

「おう、やってみろ」

少し喧嘩っぽくなっていたが、なんだかんだうまくいきそうな感じだった。別に相性が悪いわけではないみたいだな。

俺たちは家に入り、料理の仕度《したく》をする。必要な食材は、俺の魔法で全て持ってきた。

「シン様。何を作るのでしょうか?」

「そうだな……」

エリの質問に、俺は考え込む。昨日はハンバーグを作ったから、似たようなものは作りたくない。というか慣れない畑仕事で疲れてるし、手の込んだ料理は作りたくないというのもある。

子供に人気で、簡単に作れるものか……

「よし、ホットドッグでも作ってみるか」

「ホットドッグ……ですか？」

簡単に作れて、食べるのもお手軽。ただ、せっかくなので普通のホットドッグではなく、少し工夫したいと思う。

「あの……どんな料理なんでしょう？」

エリが不思議そうな表情を浮かべている。

「そうだね……パンに肉を挟んだもの、かな？」

厳密《げんみつ》にはちょっと違うが、この世界に来てからソーセージ的なものを見ていないので、こう説明するしかない。

「そうそう、今回は全部、マイに作ってもらうから」

「えっ？」

俺がそう言うと、マイが驚いた顔をする。手伝うとはいったが、まさか自分が全部作ることになるとは思ってもいなかったのだろう。

「最初は手伝ってもらうだけのつもりだったんだけど、ホットドッグならマイ一人でも作れると思ってね。たくさん作って作業に慣れていった方が、上達すると思ったんだけど……ダメだった？」

「別に駄目ではないのですが、初めてのことなので……」

「大丈夫。ちゃんと一つ一つ教えるから心配しないで」

マイが心配そうな表情を浮かべたので、俺は優しく語りかける。ちょっとだけ意地悪だったかもと今更後悔した。

「わかり……ました。やってみます‼」

「よし、その意気だ。それじゃあ、作ってみるか」

「はい‼」

マイは元気よく返事をして袖をまくった。やる気を出してもらえてよかった。俺はエリに声をかける。

「エリ、俺は最初に教えるだけにするから、後はマイを手伝ってあげてくれ。ただ、なるべくマイだけに作らせるようにすること」

「わかりました」

エリもホットドッグを作るのは初めてだが、最近では料理に慣れてきたのか、簡単なものであればすぐに作り方を覚えるようになっていたため、マイをサポートしてもらうことにした。俺が手伝ってしまうと、やはりどうしても、自分が作ったように思えなくなってしまうのではと考えたためだ。そういった意味では、一緒に教わるエリに助けてもらう方が、達成感はあるだろう。

「それじゃあ、作るとするか。まずは手本を見せるから覚えてね」

「はい」

俺は材料を置き、ホットドッグを作り始めた。

まずはキャベツを千切りにして、油をひいたフライパンでしんなりするまで炒める。今回は、ここでワンポイント。しんなりしてきたところで、カレー粉を入れることにする。カレーのピリッとした風味が加わり、味にアクセントが出るのだ。これでキャベツは終了。

続いてはウインナー。ボイルでもいいのだが、俺は焼く派だ。フライパンには一切油を入れず、そのままの状態で焼いていく。そうすることで、余計な油がつくことなく、パリッとした焼き上がりになるのだ。

具を作り終えたら、パンの準備をする。

といっても、いちいち焼く時間もないので、今回は出来合いのものを用意して、切り込みを入れていく。

パンの中に粒《つぶ》マスタードとマヨネーズを塗《ぬ》り、炒めたキャベツを挟み、最後にウインナーも挟んだら完成だ。後はお好みでケチャップをかければいいだろう。

「こんな感じだな。マイ、できそうか?」

「はい、これくらいなら」

そう言って頷いたマイは、一生懸命《いっしょうけんめい》作り始めた。ウインナーが焦《こ》げそうになったりもしたが、そこはエリが手を貸して綺麗に仕上げる。三〇分ほどで、人数分のホットドッグが完成した。

「できた」

「お疲れ様、マイちゃん」

「ありがとう、エリお姉ちゃん」

どうやら、料理を通してエリとマイは仲良くなったみたいだな。

「それじゃあ、運んでいくとするか」

できたホットドッグは、外で食べることにしていた。さすがにこの家の中じゃ狭すぎるからな。

「エリ、家の裏のクウガたちを呼んできてくれ」

「わかりました」

エリにはクウガとドリを呼んできてもらう。マイに彼女が作ったホットドッグが載ったトレイを渡し、俺はマイが作業をする傍《かたわ》らで作っていたものを持つ。

「あの、シンさん。そのホットドッグは？」

「これか？　後でわかるから気にするな」

マイは首を傾げながらも、家の外に出る。

外に出ると、料理の匂いに引き寄せられてきたのか、子供たちがキラキラした目で待っていた。

「はい、一列に並ぶ」

そう言うと素直に一列に並んでいく。ハンバーグの時も同じ方法で配ったので、おとなしく並んでくれた。

「今回は、マイが全部作った。見たことがない料理にもかかわらず一生懸命作っていたので、マイにお礼を言って感謝して食べること。それじゃあ、配っていくぞ」

目の前に並んだ子供たちに、マイがホットドッグを渡していく。

「ありがとう、マイお姉ちゃん」

ちゃんとお礼を言ってからホットドッグを受け取る、素直な子供たち。お礼を言われたマイは、照《て》れながらも嬉しそうだった。

「おっ、できたみたいだな」

「ドリも食べるですよ‼」

子供たち全員に配り終える頃、エリがクウガとドリを連れて戻ってきた。

「はい、これ」

「ありがとうな、マイ。もらうぜ」

クウガはぶっきらぼうでもしっかりとお礼を言いながらホットドッグを受け取る。

「ドリにもくださいですよ‼」

「ドリちゃんにはこれを」

そう言ってマイがドリに渡したのは、他のものに比べると少しばかり小さめのホットドッグ。どうやらいつの間にか、ドリ専用のものを作っていたみたいだ。

「ありがとうございます、これは食べやすいのですよ」

ドリは満面の笑みを浮かべてホットドッグを受け取った。小さめといっても、ドリのサイズからすると十分に大きいサイズだったが、こうして食べやすいようにサイズを変えてくれたことがドリにとって嬉しかったのだろう。

エリには俺からホットドッグを渡し、これで全員に行き渡ったことになる。

子供たちは食べ始めていいと言われるのを今か今かと待っている様子だ。

「それじゃあ、皆。今日は食事の前の挨拶を教えるから、俺の真似をしてくれ……じゃあまず手を合わせて……いただきます」

「「「いただきます（です）」」」

合掌すると、すぐに子供たちはホットドッグにかぶりついた。

「ん〜、美味しい！」

子供たちが美味しそうに頬張っているのを見て、俺も一口食べる。

パリッと焼けたウインナーから肉汁が溢れ、キャベツにつけたカレー粉のピリッとした味が口の中に広がる。

「おかわり‼」

元気な男の子たちがそう言う。

しかし、マイが作ったのは一人一つのみ。少し困った顔でこちらを見てきた。まあ、そうなると思ったんだよな。

「ほら、おかわりが欲しい人はこっちに来い。いっぱい作ってあるから食べていいぞ」

俺は別に作っていた余ったホットドッグを配る。育ち盛《ざか》りの子供が多いため一つだけでは足りないと思って用意しておいたのだ。後でわかるとマイに言ったのは、そういうわけだな。

「はいはい、押すな押すな。ちゃんと皆の分があるから、一人ずつ取れよ。それと、よく噛んで食べること。食い物は逃げないからな」

「はーい。ありがとうお兄ちゃん」

おかわりを受け取った子供たちが離れていくのを見計らって、マイがこちらに来た。

「ありがとうございます」

「いや、気にするな。この失敗は次に活かせばいい」

「はい」

ペコリと頭を下げたマイは、皆の元へと駆けて行った。

「シン様は少し意地悪ですね。先に教えてあげればよろしかったのでは？」

「そうなのですよ。意地悪なのです」

マイを見送った俺の元に、そう言いながらエリとドリが近づいてくる。

「いや、それでは自分から学ぶことにはならないからな。全て順調に成功するよりも、多少は失敗した方が、学ぶ意欲がなくならないだろ？」

「それは……確かにそうかもしれませんね」

エリは納得したように頷いた。ドリは少し不満そうな顔をしていたが、言いたいことは伝わっているようだ。

エリが見つめる先には、子供たちからお礼を言われて嬉しそうなマイの姿があったのだった。

食事が終わったら、遊びの時間だ。

「ドリ、出番だぞ」

「何故、ドリなのですか!!」

「いや、子供たちを見ろよ。おまえのことガン見《み》してるぞ」

遊ぼうとしていた子供たちは、こちらをじっと見ており、その視線の先にはドリがいた。

ドリが左に動けば左を向き、右に動けば右を向く。

「どうする？」

「……仕方がないのですよ。遊んであげるです」

そう言い残したドリは、子供たちの方に向かって元気よく飛んで行った。

「来たのですよ。遊んであげるです」

「やった〜」

「妖精さん、鬼ごっこ！」

「鬼ごっこ〜」

「わかったのですよ。やるのです」

ほのぼのと鬼ごっこが始まる。俺とエリはその光景を見ながら座りこんだ。

そろそろ、この村ともお別れだ。

俺がアルノ村に着いて今日で四日目なので、買い付けに行ったカイもそろそろ料理の街を出ていてもおかしくはない。余裕を持って一週間かかるということだったが、ことが順調に進めば六日で帰ってくることもできるはずだ。

あと三日、あるいは二日。今日は後は晩ご飯を作るだけだし、明日も明後日も同じだろう。

旅に戻る準備と、お別れの準備をしないとな。

俺は鬼ごっこをしているドリと子供を見ながら、そんなことを考えていたのだった。

13

予想した通り、五日目も何も問題なく終わった。

昼には子供の村に行って畑を確認したり子供と遊んだりして、アルノ村に戻って夜ご飯を作る。これまで通りの一日だ。

そしてその翌日、六日目の昼には、食材の買い付けに行ったカイが帰ってきた。どうやらかなり急いで戻ってきたみたいだな。

これで依頼は完了となる。

「ありがとうございました」

積荷《つみに》を下ろしている最中、村長さんがお礼を言ってきた。

「いえいえ、気にしないでください。自分にもきっちりメリットもありましたし」

俺の隣には、最初に約束した通り馬車と馬があった。これで移動手段の確保ができたわけだ。

「それより、こんな立派な馬をいただいてもよかったんですか？」

「大丈夫ですよ、感謝の気持ちですから」

譲《ゆず》ってもらったのは、真っ黒な毛並みの馬だった。他の馬よりも凛々《りり》しい顔をしており、筋肉の付き方もがっちりしているように見える。

「森から出てくるモンスターを、ここ数日は見ませんでした。シン殿は隠しているおつもりでしょうが、討伐してくださったのでしょ？」

「それは……」

村の食材を奪っていたモンスターの正体である子供たちには、二度と村を襲わないよう約束させてある。畑の方も順調に成長していたので、ここを襲うようなことは二度とないだろう。

「それを含めて、感謝の気持ちを込めて、村一番の馬を選びました。本当にありがとうございました」

村長さんが頭を下げると、村の人たちも一斉に頭を下げる。まあ、子供たちについてはただの偶然だが、俺がやったことには変わりはないのでありがたくお礼を頂戴《ちょうだい》することにした。

「よろしくな」

「ヒヒィーン」

馬は俺の言葉を理解しているのか、元気よく嘶《いなな》いた。

村長さんにお願いして、馬を馬車につけてもらう。操縦《そうじゅう》はエリができるとのことなので、念のため出発前に少し教えてもらってから、旅に出ることにした。

場所の準備をする間に、ミカンちゃんの両親に挨拶する。村から出るということはミカンちゃんを連れていくということなのだ。丁度、ミカンちゃんが両親とお別れの挨拶をしていた。

「ミカン、行かないでくれー！」

大粒《おおつぶ》の涙を流しながらミカンちゃんに抱き着くアルゴさん。当のミカンちゃんは少し嫌そうな顔をしているが、無理やり離れようとはせず、されるがままにしている。

「別れの挨拶中失礼します」

俺が声をかけると、アルゴさんがじろりとこちらを睨んできた。

「何の用だ」

「自分もミカンちゃんを預かる身として挨拶をと思って……」

「必要ない。ミカンは渡さん」

突っぱねるように言い放つが、そんな態度を取っていると……

「あらあら、それはいけませんよあなた。昨日、私と約束しませんでした？」

「い、いや、シズ。それはだな」

「それは……何ですか？」

シズさんがにこやかな笑みを浮かべながら問い詰める。アルゴさんの額からは、大量の汗が流れていた。

「わかってますよね？」

「はい、わかっています」

ミカンちゃんから離れたアルゴさんは、観念したようにうなだれる。

その後、ふぅーと一息つくと、今度はしっかりと俺に目線を合わせた。

「シンさん」

少し間があく。

「ミカンのことを頼んだぞ。くれぐれも怪我などをさせないように。万が一のことがあったら許さないからな」

「はい、わかりました。しかと、肝《きも》に銘《めい》じておきます」

「よろしく頼む」

アルゴさんは深く頭を下げる。ミカンちゃんは、ただ黙ってそれを見ていた。複雑な思いがあるのだろう。うまく言葉にできなくてむず痒《がゆ》いといった様子だ。

「ミカンちゃん」

そんなミカンちゃんに、俺は声をかける。ミカンちゃんはこちらを見ると、俺が言いたいことがわかったかのように頷いた。

「お父さん、お母さん」

アルゴさんが下げていた頭をあげてミカンちゃんを見る。シズさんもミカンちゃんを見ていた。

「今までありがとう。行ってきます」

ミカンちゃんはそう言って笑みを浮かべるのだった。

丁度そのタイミングで、準備が整ったと村長さんが声をかけてきた。

俺たちはミカンちゃんと一緒に馬車に乗り込む。旅立つ時には、村人総出《そうで》で見送ってくれた。

「それでは行きます。皆さんもお元気で」

「シン殿もいい旅を」

「はい。それじゃあエリ、出発しよう」

エリが馬を進ませていく。村人たちは、こちらの姿が見えなくなるまで手を振ってくれていた。

村人たちが見えない位置まで馬車を移動させ、森に入る前に止まる。

「よし、とりあえずミカンちゃんを送るとするか」

「送る？」

「そう、今から俺の店に送ることにするよ」

ミカンちゃんは何を言っているの？　みたいな顔でこちらを見た。

「どうするのよ。ここから街に行くには二、三日はかかることぐらい知っているでしょ？」

「まあ、そうなんだけどね……実は俺、空間魔法が使えるんだ」

「はあ？」

ミカンちゃんは不思議そうな表情を浮かべる。この世界で育ったのだから、空間魔法が古代魔法であることや、この世界に一人しか使い手がいないことを知っているのだろう。

「あの……シン様」

「ん？　なんだ、エリ？」

「さっきから、ミカンちゃんの口調がおかしいのですが……」

いきなり態度を変えたミカンちゃんに、エリが戸惑《とまど》いを見せていた。

そりゃあ、そうだ。さっきまでは子供らしい口調だったのに、一転してタメ口で話し始めたもんな。村の中ではミカンちゃんが転生者だということは秘密にしていたけど、ここでは隠す必要がないと思って切り替えたんだろう。

「エリ、それはだな……」

「いいわ。私から説明する」

説明しようとした俺の言葉を遮《さえぎ》ったミカンちゃんは、そのままエリの前に立つ。

「どうも、初めまして。ミカンといいます。こうして面と向かってちゃんと挨拶するのは初めてよね？」

「はい。私はシン様の妻であるエリといいます」

「ええ、知っているわ。あれだけラブラブしていたらわかるもの」

「はう」

　エリの顔が真っ赤に染まる。ミカンちゃんとエリでは、エリの方が身長は高いのだが、ミカンちゃんの態度は年上の相手に向けるそれではないので、違和感がすごい。確かに転生者だから、地球でのことを考えればミカンちゃんの方が年上のはずだけどさ……

「そうそう、説明だったわね。私はシンさんと同じように別の世界からきた、転生者よ」

「転生者……」

　エリは真剣な面持《おもも》ちで呟く。

「ただし、シンさんみたいにとんでもない能力は持ってない、ただの村人よ。同じ世界の知識だけは持っているけどね」

「でも、シン様と同じと言うなら、その体は……」

「色々あるのよ。シンさんや勇者なんかは、あっちの世界からそのまま呼び出されたパターン。私は、あっちの世界の記憶を持ったまま、こっちの世界で別人として生まれたパターンね」

　エリにわかりやすいよう、ミカンちゃんは言葉を選んで説明する。

「あ、だからシン様はミカンちゃんを雇おうと思ったんですね」

「そういうこと。私には特別な魔法も力もないけど、シンさんと同じ世界の知識がある。もちろん、料理の知識も多少ね。だから、こうして店にスカウトされたのよ」

「そうだったんですね」

エリは納得したような表情を浮かべた。

そうか、俺はまだ、何故ミカンちゃんをスカウトしたのかと、彼女が転生者であることをちゃんとエリに説明してなかった。なんだかドッキリを仕掛けたみたいで、悪いことをしてしまった気分だ。

「これで大丈夫？」

「はい。ありがとうございます。でも……慣れるのには少し時間がかかりそうです。失礼ですが私よりも小さいので……」

「それは慣れてちょうだい。私はアルノ村以外ではこの口調になるから。純粋な子供の演技って、大変なのよ」

やっぱり大変だったんだな……

ミカンちゃんは一つため息をつくと、こちらを見る。

「それで、シンさん。空間魔法が使えるって……ちょっとチートすぎない？」

「まあ、確かに……否定はしない」

「うらやましいわね……まあ、いいわ。魔法に関しては、一四年も生きていたら諦めもつくもの」

ミカンちゃんは遠くを見つめたまま呟く。

きっと彼女も、この世界に来てから色々と試したんだろう。転生したらチートな能力を持っていると思うのが普通だ。それでも実際はそんなことはなく、ただ知識を持っているだけだったと判明したわけだ。

「それで、店に行くんでしょ？」

「ああ、そうだな。エリ、少し店に行ってくるからここで待っていてくれ」

「はい、わかりました」

チラッとドリを見ると、黙ってコクコクと頷いていた。

「それじゃあ、行くか」

ミカンちゃんに触れて空間魔法を発動。一週間ぶりに店に帰った。

――――――――――

ここは、森の中にある子供だけが住む村。そのとある家の裏、できたばかりの畑の入り口に、俺とマイはいた。

「クウガ、こっちの作業は終わったよ」

「ああ、こっちはもう少しかかる」

シンとの約束である、植物の観察記録の作成。俺はどうにも慣れることができず、マイに比べると圧倒的に作業が遅かった。

「じゃあ、私は家で家事をしてるから、終わったら戻って来てね」

「了解」

マイはそう言うと家の中に入っていき、それを確認した俺は記録を再開する。

そのまましばらく作業を続けていると、ふと、手元に影が落ちる。

マイが戻って来たのかと思って顔を上げた俺は、そこに立っていた人物を見て、思わず立ち上がった。

「あっ、カイト!!　おまえ……」

「まあまあ、落ち着こうよ」

「何が、落ち着こうだ!!　今までどこにいた!!」

ここ二、三日、カイトの姿は村から消えていた。確かシンが初めてこの村に来た次の日から、見なくなっていた……気がする。こんなに長期間いなかったのに、なんで気にならなかったんだ？

「ちょっとね、これを狩ってたんだ」

カイトが自分の後ろを親指で示す。そこには、巨大な鳥のモンスターが横たわっていた。

「おまえ……これ……」

「食べ物が必要だと思って」

カイトは軽く言っているが、こんな立派なモンスターを狩るのがどれほど大変なことなのか、俺は理解している。

盗みやモンスターを狩る技術は、カイトから習ったものだ。カイト一人に全て任せるのは心苦しいので、年長者である俺とマイも手伝おうと、教えてもらっていたというわけである。そんな俺だからこそ、獲物の大きさには度肝《どぎも》を抜かれた。

そもそも何故、カイトがそんな技術を持っていたのかは、考えないようにしていた。初めて会ったのはこの森の中、俺と似たような格好だったので、同じく捨てられた奴隷だと思って声をかけた。きっとこいつにも辛い過去があるのだろうと思って、過去のことは詮索していない。

「肉か……肉は足りてなかったからな、ありがたい」

「肉がありがたい？　それじゃあ、他の食材はあるみたいな言い方だな」

「そうか、知らないんだったな。こっち来いよ」

　カイトを手招きして畑の奥へと進む。カイトはいぶかしんでいる様子だったが、見せた方が早いので、とにかく来てもらう。記録はつけ終わっていないが、少し休憩だ。別に少しくらいさぼってもいいだろう。途中まで頑張っていたし。

「そうだ、驚いただろ？　こんなところに急に畑ができていて。これはあの妖精の分身がやっているんだ」

　くるくると回りながら空を飛んでいるドリドリちゃんを指して説明する。

「妖精って、結界を張ってくれてたあの？」

「そうそう。あれはその分身のドリドリちゃんだ、本体とは違ってしゃべれないけどな」

「畑が急にできたのも、その力なのか？」

「見たまんまだよ。植物の成長を促すんだって」

　カイトはじっとドリドリちゃんを見つめると、ボソリと呟く。

「……使えるな」

「ん？　使えるって？」

「いや。本物の妖精はどこ？」

「それなら今はシンの所だよ。気にいったらしくついていくと言ってたからな。なんでそんなこと聞くんだ？」

「いや、本物の方とちょっとしゃべりたかったんだけどな」

ああ、なるほどな。

「それなら、もうすぐ来ると思うぜ。昼過ぎには来るって言ってたからな」

「そうか、わかった……あ、そうだ。クウガにプレゼントがあったんだ」

「プレゼント？」

「ああ、こっちに来てくれないか？」

そう言いながらカイトが取り出したのは、一つの小さなナイフだった。

「ナイフ？」

俺がカイトの方に近づき、ナイフに手を伸ばすと、カイトは素早い動作でこちらに向かってナイフを突き出してきた。

グサッ!!

「どう……して……」

俺の腹に突き刺さったナイフを引き抜いたカイトは、にこやかに笑う。

俺は地面に倒れ込みながら、カイトを睨みつけた。

「どうして？　そりゃあ、おまえが邪魔だからさ。俺は妖精に興味があるんだよ、おまえがいたら連れていけないだろう？」

カイトはナイフに付いた血を払い、懐《ふところ》に戻す。視界が暗くなっていく中、最後に俺が見たのは、軽《かろ》やかな足取りでドリドリちゃんの方へ向かうカイトの後ろ姿だった。

14

俺はミカンちゃんを連れて、空間魔法で店に戻ってきた。直接店の中に現れるわけにもいかないので、転移先はミカンちゃんにあてがう予定の部屋だ。

「うちは店舗《てんぽ》と住宅が一緒になっていてな。ここは二階の空《あ》き部屋だ。ミカンちゃんにはこの部屋に住んでもらうことになる」

「普通の部屋ね」

普通で何が悪い。

家の中を案内しながら、階段を下りて店のエリアへ進む。今は営業中なので、店の雰囲気を見てもらおう。さすがにお客様の迷惑になるからホールの方には行かないが、せめてアカリにはミカンちゃんのことを紹介しなくてはいけない。

厨房の裏に着いたところで、扉を少し開けて中を確認する。

「チャーハンを一つ作って。デザートも遅れています」

アカリが調理しながら、全体に指示を飛ばしている。

「忙しそうね」

ミカンちゃんが厨房を見回しながら零した言葉に、俺は応える。

「まだ、これは忙しい方には入らないよ。一応今は、予約制になっているからましだ。予約制じゃない時とかは大変な目に遭っていたからな」

「へえ、予約制なのね」

「あまりにも人気過ぎてね」

それにしても、まだ一週間しか離れていないのに、異様に懐かしい感じがする。戻ってくる回数を予定より増やそうかな。

「それじゃあ、中に入ろうか。とりあえず、俺の弟子……副料理長のアカリを紹介する。挨拶をして引き継ぐからこれから自分でやれよ」

「わかった。雇ってもらうのだから精いっぱいやらせてもらうわ」

扉を開けて中に入る。

旅に出たはずの俺の姿を見つけた従業員たちは一瞬驚いたような顔をしたが、手が放せないのか、挨拶をするとすぐに調理の方に戻った。その声で俺たちに気づいたアカリは、指示を出して調理を交代してもらってからこちらにやってくる。

「師匠《ししょう》。お久しぶりです」

「おお、ちゃんとやれているようだな」

「はい、まだ慣れないところもありますが、皆の力を合わせて何とかやっています。それで、今日はどうしたんですか？」

「新しい従業員を連れてきたんだ」

アカリの目が、俺の隣のミカンちゃんの方に向く。

「初めまして、ミカンといいます。よろしくお願いいたします」

丁寧な言葉遣いで、頭を下げる。

「アカリです。こちらこそ、よろしくお願いします」

見た目に反して大人びた口調の挨拶に少し驚いた表情を浮かべたアカリだったが、すぐに挨拶を返す。

「師匠……この子は？」

「近くの村にいた子供だ。料理の才能があったので連れてきた。両親の許可はしっかりいただいているから、そのあたりは問題ない」

「料理の才能……」

アカリがミカンちゃんを見た。そのミカンちゃんは店の中を見渡している。器具の場所やどういった料理を作っているのか、その作り方などを、くまなく観察しているようだ。

一通り見終えると、こちらに向き直る。

「シンさん、アカリさん。他の従業員の人に挨拶をしたいのですが、よろしいでしょうか？　可能なら、そのまま店の手伝いに入りたいと思います」

「えっと……」

説明を一切していない状態で手伝うと言われたアカリは、戸惑った様子を見せる。少しフォローするか。

「いいんじゃないか？　現場は慣れることが大事だからな。俺はもう帰るけど、後はしっかり頑張るんだぞ」

「ありがとうございます。これからよろしくおねがいします」

ミカンちゃんはこちらに頭を下げると、挨拶をしに行った。アカリは何も言うことができずそのまま見送る。行動が早すぎて何も言えなかったのだ。

「師匠……あの子は？」

もう一度、同じような質問をアカリがしてきた。

「俺と同じ知識を持ってる。そう言えばわかるだろ」

アカリは俺が言いたいことがわかったのか、押し黙った。

「似た境遇だが、俺のように珍しい魔法や能力などはない。ただ、さっきも言ったが、俺と同じような料理の知識は持っている。きっとアカリの手助けになるはずだ」

ミカンちゃんを雇うことにしたのは、何も店のためだけではない。アカリにももっと色々な地球の知識を学んでもらうために連れてきたのだ。

「転生者で料理の知識。そうですか……」

アカリはにこやかに微笑んだ。

「わかりました。師匠に追いつけるよう、今度はミカンちゃんから少しでも学べるように頑張ります」

「おお、頑張ってくれ」

アカリはやる気を出すように、握り拳を作って宣言した。どうやら思惑《おもわく》通りいったようだ。

後はどこまで学べるか、アカリ次第だな。

「それじゃあ、俺は旅に戻るよ。また何かあれば帰ってくるから」

「わかりました。エリさんにもよろしくお伝えください。いい旅を」

俺はアカリに頷くと、空間魔法でエリたちと別れた場所に戻る。

しかし、俺が姿を現した瞬間、エリとドリが慌てた様子で駆けよってきた。

「シンさん、大変なのですよ！　クウガが、ドリドリちゃんが‼　ピンチなのです‼」

ドリが服を引っ張りながら、まくし立てるように言ってきた。

「一体、どうしたんだ⁉」

帰ってきて早々、訳がわからない。何が起こっているのかうまく説明できないほど、ドリは慌てていた。困惑した俺は、エリを見る。

「シン様、今すぐ空間魔法で子供たちの村の畑に行きましょう。説明している暇《ひま》もありません。お願いします」

エリも相当焦っているようで、とにかく子供たちの村へ向かうべきだと言われた。

それでも伝わってきたのは、現在進行形で、子供たちの所で大変なことが起こっているということ。何が起こっているのかわからないし、正直危険な予感もあるが、行かなければ後悔するような気がした。

実際に何があるのかは、行ってみればわかることだ。

「わかった。今すぐ行く。俺に触れて」

んだ。


「ありがとうございます」

「いくのです」

エリとドリが俺の肩に手を置くと俺は空間魔法を使い、子供たちの畑がある場所に飛んだ。

一瞬にして視界が切り替わる。

そして、目に飛び込んできたのは、腹から血を流して倒れているクウガと、それを抱きかかえて泣いているマイ、そしてドリドリちゃんを捕まえてにこやかに笑っている子供の姿だった。

ドリドリちゃんを捕まえていた子供がこちらに目を向ける。急に現れた俺たちに、一瞬だけ驚いたような顔をしたが、すぐにまたにこやかな表情を浮かべた。

「エリ、こっちは俺に任せて。まずはクウガに回復魔法を頼む」

「わかりました」

頷いたエリは、クウガの元に向かう。

かなりの量の血が流れており、もう少し遅ければ危なかったかもしれない。とりあえずエリがいたら安心だろう。俺は回復魔法を使っているエリたちを守るように、前に出た。

「おや、昼過ぎに来るという話でしたが、ずいぶんお早い到着じゃないですか？」

首をひねりながら目の前の子供は言う。よくよく顔を見ると、どこかで見たような顔だった。

「おまえは……」

「まだ、認識魔法が効いているようですね」

認識魔法？　どういうことだ？

「とりあえず、あらためて自己紹介をするとしましょうか。お久しぶりですね、カイトです」

「カイト……あっ‼」

俺は唐突《とうとつ》に、目の前にいるのが誰なのか思い出した。

そうだ、カイトだ。俺がクウガたちと出会った時にいた内の一人。思い返せばその次の日から姿を見なかったが、そのことすらも今の今まで忘れていた。

しかし、初めて見た時と比べると、ずいぶんと態度も口調も違う。まるで別人のようだ。

「思い出してくださいましたか？　忘れるなんてひどい方ですね。まあ、僕の魔法のせいでもありますけど」

カイトはずっとにこにこと笑っている。何か面白いことがあるわけでもなく、ただ、ずっとにこにこ笑顔を絶《た》やさないだけだ。しかし、その笑顔が不気味だ。

「そんなことよりもドリドリちゃんを放すですよ‼」

ドリが前に出て、ぐったりとしたドリドリちゃんを握るカイトを指さした。

「おや、ドリさんお久しぶりですね。結界を張れるだけじゃなくて、植物も育てられるだなんて知りませんでしたよ」

「ひぃ！」

舐《な》め回《まわ》すような視線を向けてくるカイトに対して、ドリは体を震わせる。初めの威勢《いせい》の良さはどこへやら、すっかり萎縮《いしゅく》しきって、俺の後ろに隠れてしまった。

「ドリドリちゃんを放すのですよ……」

そんな小声じゃ相手に聞こえないぞ。

「それでカイト、何が目的だ？」

「目的？　それは精霊ですよ。精霊の力を得るために、こんな森の中にいたんですよ」

手に持っていたドリドリちゃんをこちらに見せながら言う。

「まあ、何かしら手がかりがあればと思ってこの地域の調査に来ただけだったのに、まさか目に見える精霊が現れるとは思ってもいませんでしたが……シンさんのおかげです、ありがとうございます」

カイトはそう言って優雅《ゆうが》にお辞儀《じぎ》をしたが、一つ疑問がある。

「精霊？　ドリは妖精じゃないのか？」

「ああ、そのことですか。それはドリさんが自分を妖精だと言っているだけで、実は精霊なんですよ。妖精も精霊も同じモノなので、たいした問題じゃありません」

俺が納得している後ろではドリが隠れているのだが、その怯《おび》え方が尋常《じんじょう》じゃない。カイトが何かしているのかもしれない。

「ドリ、大丈夫か？」

「大丈夫なのですよ……でも、あの子は異常なのです。見られると嫌な感じがするのですよ」

ドリは怯えながら言う。俺の服をぎゅっと握る手には、かなりの力が入っていた。

ちらりとエリの方を確認すると、回復魔法は既にかけ終わっており、クウガの血は止まっているようだった。後は安静にすれば大丈夫だろう。エリも一度頷いて、大丈夫だということを伝えてくれた。

「カイト、おまえは何者なんだ？　精霊の力を得るとはどういうことだ？」

「質問ばかりですね。まあいいでしょう、冥土《めいど》の土産《みやげ》に教えて差し上げます……ああ、それと、これはもういらないです。本物をもらうので」

カイトはそう言うと、手に持っていたドリドリちゃんをこっちに投げてきたので、俺は慌てて気絶しているドリドリちゃんをキャッチする。

「なんてことをしやがる‼」

「いらないものは捨てる、常識でしょ？」

頭のねじが外れてやがる。

「何者か……でしたね。僕たちは〝スピリットロブ〟、精霊を奪う者です」

「たち？」

「そうです。僕以外にもあと四人、同じように精霊を集めている者がいます。僕はまだ一番下《した》っ端《ぱ》ですけどね」

スピリットロブ、精霊を奪う者たちか……

「精霊を奪うとは、どういうことだ？」

「ハハッ。そんなの決まっているじゃないですか。精霊が使える力を奪うんですよ」

「精霊が使える力？」

「そうです。精霊は、この世界で最も神に近く、まだまだ未知の存在なのです。ドリさんのようにはっきりと目に見える精霊なんかは、他に存在しません。そしてその精霊たちが使う魔法は、特別なものばかりです。その力を奪うのです」

確かに精霊は未知なものだ。

ドリ自身の説明では、妖精は魔力の塊にすぎないと言っていたが、よくよく考えれば、村に結界を張る力や分身を生み出す力など、どれも珍しいものばかりだ。そのうえ、属性魔法も使えるみたいなことも言っていた気がするし……まあ、体が魔力そのものなので、色々な魔法に適性があってもおかしくないのかもしれないが。

「力を奪うって、どうやって……」

「それを教えるとでも？」

「……」

「ただ……言えるとしたら、力を奪われた精霊は、どれも既に生きてはいないということですかね」

その言葉に不快感を示した俺を見て、カイトはにやりと笑う。明らかにこちらの反応を見て楽しんでいる。悪趣味《あくしゅみ》にもほどがあった。

「ということで……そこの後ろに隠れている精霊をもらっても？」

「それを聞いて渡すとでも？」

「まあ、わかっていたことですがね」

俺はドリに目くばせして、ドリドリちゃんと一緒に俺から離れさせる。

カイトは準備運動でもするかのように、手をぶらぶらとさせた。

「では、力ずくで奪わせてもらいますよ。最初からそのつもりでしたが」

「やれるものならやってみろ‼」

身構えた俺を後目《しりめ》に、カイトは下に落ちていた小石を拾って、左側の何もないところに放り投げる。

「なんだ……？」

俺は一瞬だけ視線をそちらにやったが、それが間違いだった。

一瞬にして、目の前にいたはずのカイトを見失ってしまったのだ。

俺が混乱しつつもとっさに右に飛ぶと、今さっきまで俺がいた箇所をナイフが通り抜けた。

「おや？」

見失っていたカイトの気配が、突如俺の後ろに現れる。ナイフを振り下ろした姿勢のカイトは、何故避けられたのか首をひねっていた。

「勘……ですか？」

「そんな運任せでは避けないよ」

俺はカイトと対峙《たいじ》する。今度は視線を外さない。

さっきカイトの言っていた認識魔法とは、自分に対する相手の認識を、弄《いじ》ったり消したり、変化させる魔法だと俺は睨んでいた。

　認識を弄れるのであれば、自分が今ここにいるという認識をなくして姿をくらませたり、または自分という存在を記憶から消したりすることもできるだろう。ただ、いくつか発動条件があるはずだ。創造召喚しかり空間魔法しかり、強力なユニーク魔法には発動条件があるからな。

　たとえば、今さっき石を使って俺の視線を誘導《ゆうどう》したことから推測できるのは、視線を向けられていたり、その場にいるという認識を持たれていたりする場合は、発動できないということだな。

　ちなみに、俺が今さっきの攻撃を避けることができたのは、カイトの居場所を把握《はあく》していたためだ。確かに一瞬、小石につられてカイトを見失ったが、その直後にソナー代わりに殺気を放つことで、カイトが後ろにいることを見抜いたのだ。

「僕の認識魔法が効いていない？　ふふ、面白いですね」

　またしてもにやりとカイトは笑う。認識魔法が効いてないのにこの余裕……まだ何かしらの切り札があると見た。それなら、それを出される前にさっさとケリをつけることにする。相手が本気になるまで待つ必要などないのだ。

「いいのか？　そんな余裕で？」

「いいんですよ。まだ僕には……ッ⁉」

俺は全身に身体強化を施して、距離を一気に詰める。カイトはそのスピードにかろうじて反応することしかできず、俺はその胴体に拳を打ち込んだ。

身体強化したパンチをもろに食らったカイトは、思い切り吹っ飛ばされて木にぶつかる。手ごたえはあった。しかし、妙な感触《かんしょく》だった。カイトの体に触れる前に、何かに阻《はば》まれたような……

「いきなりとは……野蛮ですね。少しだけききましたよ」

「そんな風には見えないが……」

平然と立ち上がってこちらに近づくカイトは、服は汚れているものの、怪我はしていないようだった。

「認識魔法を切り札その一とするなら、今のは切り札その二の障壁《しょうへき》魔法です。文字通り、自分の身を守る障壁を生み出す魔法ですが、常に展開しているタイプなので、僕にダメージは通りませんよ？」

「それはあまりにもズルいんじゃないか？」

「あはは、戦いにズルいも何もないですよ。誰しもが正々堂々と戦うだなんて思わないことですね」

まあ、確かにその通りだ。真正面《ましょうめん》からしか戦おうとしないのは無謀《むぼう》すぎるし、正直愚《おろ》かだと思う。勝つためには、手段を選んでいる暇などないのだ。

さて、問題の障壁魔法について、常に展開しているとカイトは言ったが、果たしてそうなのだろうか？　障壁魔法もユニーク魔法だろうから、何かしらの発動条件があるはずだ。

さっきは正面だったが、後ろからならどうだ？

「さっさと諦めて……」

カイトが何か言いかけたが、俺は一瞬にして消える。空間魔法を使った瞬間移動だ。

そのまま後ろに現れて、蹴りを入れる。

「ガハッ‼」

今度はちゃんとした手ごたえがあった。またも飛ばされて別の木にぶつかる。

後ろには展開していなかったのか？　いや、違う。それならば、先ほど殴り飛ばされて木にぶつかった時に、多少なりともダメージを受けたはずだ。しかし、カイトはその時は無傷だった。

「ききましたよ……」

ダメージを受けてもまだ立ちあがる。瞬間移動直後の攻撃は、視界が急に切り替わるのに慣れていないため、どうしても威力が下がってしまい、大きなダメージを与えられないのだ。

「さっきから、そちらばっかり攻撃しますね。少しズルいのでは？」

「戦いにはズルいも何もないと言ったのはおまえだよ。ここからもずっと俺のターンだ」

さっきと同じように瞬間移動を使ってカイトの後ろに移動し、そのままパンチを入れる。

カイトは今度は反応して避けようとするが、避けきれずにパンチを受けてしまう。ただ、今度はまたしても妙な手ごたえだった。

カイトは少し飛ばされただけで、すぐさま体勢を整える。

「ずっとそちらのターン？　言いますね。僕がそれを許すとでも？　同じ手は通用しませんよ」

カイトはこちらに駆け寄ってくると、懐から取り出したナイフを振るう。俺は当たらないように少し距離を取りながら確実に避けていく。

「それに、さっきから思っていたのですが……シンさん、実は対人戦闘に慣れてませんよね？　こうして攻撃していると、とてもよくわかります。戦い方が素人《しろうと》同然です。多少は動けるようですが、まだまだです」

カイトに言われた通りだ。確実に避けてはいるものの、反撃の糸口が見えていなかった。

それ以前にカイトに隙《すき》がなく、さらに言えば障壁魔法があるため無理に攻撃しても意味がない。まさに八方塞《はっぽうふさ》がりだ。

せめて、障壁魔法を攻略しないと話にならない。

「まだまだいきますよ」

カイトの攻撃がどんどん早くなっていく。

俺は攻撃をかわしながら考える。二回目の攻撃で何故、障壁魔法をすり抜けて攻撃が通ったのか……そこから答えを導き出して攻略するしかないのだ。

違いが何なのか考える。二回目と三回目は、ともに後ろからの攻撃だったのに、二回目だけ障壁がなく、攻撃が通ったのだ。

攻撃方法の違いだろうか？

パンチは通らないが、蹴りならば通る……いや、そんな単純な理屈なわけがないか。

だったら、角度や速度はどうだろうか？

これも少し違うような気がする。蹴りとパンチでそこまで大きな差があるわけではないからな。

そう考えている間も、カイトが休みなく攻撃してくるのを、俺は身体強化を駆使《くし》して力業で避け続けていた。瞬間移動を使っていったん距離を取ってもいいのだが、カイトが瞬間移動の出現タイミングに慣れる可能性があり、うかつに使いたくはない。

「いい加減、僕の攻撃に当たってくれませんかね？」

「嫌だね。好き好んでナイフを受ける奴なんかいないよ」

「そうですか……ならばこちらも、もう少しスピードを上げますよ」

そう言ったカイトは、身体強化を発動する。

「くっ‼」

速くなった攻撃に対応しきることができず、ついにナイフの切っ先が頬を掠《かす》めた。

俺の頬から血が流れ落ちるのを見たカイトはにやりと笑い、攻撃の手をさらに強める。

俺は必死に避けるだけで、考えに集中できていなかった。

「この‼」

このままではジリ貧《ひん》だと感じた俺は、苦し紛れに魔法を放つ。使ったのは風魔法のウインドボム。とっさの攻撃ではあるが、身体強化によって強化されたこともあって、そこそこの攻撃力を持っているはずだ。

ただ、その魔法は至近距離にもかかわらずあっさり避けられる。

そのまま後ろに飛んでいったウインドボムは、そこに立っていた木を粉砕《ふんさい》し、その破片《はへん》が勢いよく飛んできた。

「グハッ‼」

そして破片の一部がカイトにヒットする。声をあげたところを見ると、きっちりとダメージを受けたようだ。

あっ、そうか……

その一連の流れが、カイトの障壁魔法の全貌《ぜんぼう》をわからせてくれた。

俺は瞬間移動を使ってカイトから離れる。

「おや？　どうしたのですか？　ようやく死ぬ覚悟を決めましたか？」

「いや、そんな覚悟なんてしないよ。それに、覚悟するのはそちらの方だ」

「ずいぶんと強気ですね。僕には障壁魔法があるので、ダメージは通りませんよ？」

「それにしてはさっきはダメージを受けていたようだが？」

「どうでしょうね」

カイトが真実をはぐらかした……まあ、それもそうだろうな。

「弱点があるということはわかっていた」

「何のことです？」

「通る攻撃と通らない攻撃があったからな。じゃあ、その違いは何なのか……考えてみれば簡単なことだった」

後ろからの攻撃に、不意に飛んできた木片。それらをふまえて出た答え。

「おまえがその攻撃を認識しているかどうかだな。攻撃が来るとわかっていないと、障壁は発動しない。正確に言えば攻撃を見ないといけない、かな」

一回目の攻撃は、身体強化による超スピードで接近したとはいえ、殴る直前に認識されたので障壁が発動した。二回目は、瞬間移動による完全な不意打ちだったので障壁は発動せず。三回目は、二回目と同じ手だったので、後ろから攻撃が来ていることに気づき、障壁が発動したのだろう。そして木片についてはただの偶然で、見えない位置からの認識できない攻撃だった。

「なるほど……お見事です。よく見抜きましたね。ただ、弱点がわかったからといってどうするのですか？　あなたが得意げに解説してくれたおかげで、僕は不意を突かれないように、堂々と後ろに注意を向けることができる。こんな状態で攻撃なんて通るのですかね？」

確かにそうだが、タネがわかった以上は、俺の勝ちは決まったようなものなのだ。

「そんなの百も承知《しょうち》だ。おまえがそうするであろうこともわかっていて、わざわざ確認したんだからな」

「どういうことだ？」

「確かに障壁魔法は強い。認識さえすれば全てを防ぐ、最強の防御魔法だ。そのうえ俺の発言で、おまえは不意を突かれまいと警戒を強め、さらに防御が固くなった。ただ、それは攻撃が認識できればの話だ」

パチリッ。

俺が指を軽く鳴らすと、それを合図に空中に無数の魔法陣が浮かび上がる。これは勇者一行の魔法使いであるゼノンと戦った時と同じ、全属性魔法による多重攻撃だ。

「さて、問題だ。全方向から攻撃した場合、果たして人間は全ての攻撃を認識できるのでしょうか？」

その答えは……

「ま、当然不可能だ。人間の認識には限界があるからな」

大量の魔法陣を見て、カイトは俺がやろうとしていることに気づいたようだ。

「貴様‼」

「いけ‼」

カイトがつっこんでくるのを見て、俺は一斉に魔法を発動させる。無数の魔法がカイトに向かって飛んでいった。

魔法の嵐は、容赦なくカイトを襲う。

予想した通り、多方向の攻撃を全て認識することはできず、カイトはダメージを受けて

いく。それでも致命傷《ちめいしょう》になりそうな攻撃だけはちゃんと防ぎ、何とかしのいでいた。

「しぶといな……」

全ての攻撃を終えてなおカイトが立っているのを見た俺は、次の魔法陣たちを浮かび上がらせる。

俺は容赦をするつもりはなかった。下手をしたら、クウガが死んでいたのだ。こいつはここで再起不能にしておかないといけない。

そうして攻撃を続けること数回、カイトが満身創痍《まんしんそうい》になったところで、一度攻撃を止めた。

カイトが地面に倒れる。体中ズタボロで、さっきまで立っていたことが奇跡《きせき》に思えるほどにダメージを受けていた。ただ、まだ生きてはいる。

「終わり……ま……した……か？　つ……ぎは、僕の……ばん……です……ね」

「ここまでなっているのにまだやるのか？」

立つこともできないのに、まだ俺と戦うつもりでいた。ここまでくると正気《しょうき》とは思えない。

「ただ……」

「ただ？」

その発言とともに、ぞくりと悪寒《おかん》が走り、思わずカイトから距離を取る。殺気や威圧を使われたわけでもなさそうだが……

「今回は……僕の……負けを認めましょう」

カイトはポケットから一つの結晶を取り出した。血の色にも似た真っ赤な結晶だ。

「何をする気だ？」

「シン様、いけません‼　転移結晶です‼　逃げられます‼」

「何‼」

戦いを見守っていたエリが叫び、あの結晶の正体を教えてくれる。俺はカイトへと駆け寄ろうとするが、間に合わなかった。

「またね……シンさん。今度は……精霊の力……ちゃんともらうか……ら」

パリンッ。

結晶を割ると一瞬にしてカイトは消え去った。急いで殺気のサーチで周囲を調べるが反応はなし。遠くに逃げられたようだ。まんまとやられてしまった。

「スピリットロブ……か」

精霊を奪う者たち。カイト以外にもあと四人いるらしい。またどこかで会うような気がした。それも嬉しくない出会い方でだ。

新しい異世界食材と料理を探す旅だったはずなのに、厄介なことに巻き込まれていきそうだ。

「シン様」

エリが近くに来て、俺の頬についた傷を回復魔法で治《なお》してくれる。ドリも静かに俺の肩に乗ってきた。自分が狙われたせいで起きた騒動だったので、気遣っているみたいだ。

「おいおい、黙り込むなよ……」

「……」

「ドリはうるさいくらいが丁度いい。そうだろ？　エリ？」

「そうですね。今、静かになられると困ります」

俺の頬の傷が塞がったところでエリが言う。肩に乗っていたドリは顔を下に向けて、ふるふると震えていた。

「シンさんはひどいのですよ‼」

一気に感情を爆発させたドリに、ぺちぺちと顔を叩かれた。

やっぱり、こうでなくてはいけない。

「ドリ、ドリドリちゃんは？」

「大丈夫なのですよ。一度分身を戻して、また作れば問題ないのです」

未だに気絶しているドリドリちゃんのそばで、ドリが腕を組む。

「エリ、クウガとマイの方は？」

「そちらも大丈夫です。少し血を流しすぎていましたが、安静にしていればじきに目が覚《さ》めると思います」

エリはちらりと、クウガとマイの方を見る。

とりあえず、全員無事でよかった。

「クウガを運んで家に入るか」

「それがいいと思います」

俺はマイの元へ行き、クウガを運ぶと伝えると、そのまま抱えて家に向かう。

本当は、簡単に挨拶だけして旅に出るつもりだったのだがしょうがない。とりあえず、クウガの容態《ようだい》を確認してから出ても遅くはない。旅にはいつでも行けるんだからな。


数時間後、クウガが目を覚ました。

「ここは……」

「おっ、目覚めたか」

「シンさん？」

クウガからさん付けで呼ばれると、やっぱり妙にムズムズするな。

クウガは寝転がっていたベッドから起き上がった。

「怪我したヤツに言うもんじゃないだろうけど、おまえは俺をさん付けで呼ぶキャラじゃないだろ」

「……あっ。ふん、感謝はしてやるよ」

「今頃、そんな態度を取っても遅いからな」

気づいたように生意気な態度を取ってももう遅い。やっぱりこっちの方がクウガっぽいな。

「カイトは？」

「逃げられた。多少はダメージを与えたが油断した。ああ、でもドリドリちゃんは無事だから」

「そうか……」

俺の言葉に、目を伏せるクウガ。

「何者だったのかは聞かないんだな？」

「……聞いても意味がないからな。ただ裏切ったという事実だけわかればいい。後は前に進むだけだ。心配しなくてもいいよ」

「ほんと、生意気だな」

いくら認識魔法で多少は忘れていたとしても、仲間だと思っていた人物に裏切られたのだ。精神的にきついものがあると思うのだが、クウガは前を見据えていた。実に子供らしくない。

「ああそうだ。マイは俺たちが来た時には、クウガを抱え込んで泣いていた……まだまだ子供だが、一応女なんだから、無闇《むやみ》に泣かせるようなことはするなよ」

「そんなのわかってるよ。それに、一応は余計だ」

「おっ、言うね。マイを女としてちゃんと見ているのか。好きなのか？」

俺のからかうような口調に、クウガは焦ったように返してくる。

「う、うるせえ。そんなことシンには関係ないだろ」

「いや、関係あるね。俺はおまえたちの保護者なんだからな」

「黙れ、たかだか一週間俺たちの面倒を見ただけで、保護者ヅラするな」

そう言ったクウガが睨んでくる。元気そうで何よりだ。

「これだけ元気なら大丈夫だな。それじゃあ、俺たちは旅に出る」

「きゅ、急だな」

さっきまでとは一転、クウガが少ししょんぼりとする。

「別に急ではないさ。前々から決めていたことだからな。今日お別れを言いに来たところで、事件が起こっただけだ」

「そうか……」

「そんな暗い顔をするな。別に最後の別れじゃない。俺たちは契約をしているんだ。その確認にはちゃんと来る。それまできちんと村をまとめ上げていけばいい」

「そう、そうだよな」

俺の言葉に、クウガの顔に明るさが戻った。

すぐにでも動き出そうとしているようだが、まだ起きたばかりだ。もう少し休ませるべきだな。

「もう少し寝ておけ。大量に血を流したせいで貧血が起きやすいからな。ああ、見送りはいらないぞ」

「べ、別にそんなつもりなんかねぇよ」

「なら、いいけど」

ベッドから立とうとしていたクウガは、俺の言葉を聞いて座りなおす。

「それじゃあ、俺はそろそろ行くわ。またな、クウガ。村を頼んだぞ」

「頼まれなくともやってやるよ」

俺はクウガと別れの挨拶をしてドアに向かって歩く。

「シン‼」

ドアに手をかけた時にクウガから声をかけられる。

「ありがとう‼」

俺はお礼の言葉を聞いて、部屋から出た。

ドアを開けたすぐそばにはマイが立っていたため、俺はドアをすぐに閉める。

「……」

「……」

お互い口を開かないまま時間が過ぎる。ドアの前にいたということは、俺が旅を再開することも聞いているかもしれない。

「あの……」

先に口を開いたのはマイからの方だった。

「クウガを救ってくれてありがとうございます。私がクウガを呼びに畑に戻った時には、既にあの状況で……シンさんが来てくれて、本当によかったです」

深々と礼をする。回復をさせたのは俺ではなくエリだが、本当に感謝していることが伝わってくる言葉だったので、俺は静かにその感謝を受け取った。

「それで……聞くつもりではなかったのですが……旅を再開するんですね」

「ああ」

「いつかはこうなることはわかっていたのですが、いざそうなると寂しいです」

マイは顔を伏せて呟いた。

「この一週間は、本当に充実した一週間でした。これまでは毎日が苦しい生活でしたがシンさんのおかげで大きく改善しました」

顔を上げて窓の方を向く。窓からは、少しずつでも確かに成長している野菜が見えた。

「この畑が私たちの生活を変えてくれることでしょう。きっと……」

「大丈夫だ。ドリドリちゃんもいるし、必ず改善していく。自信を持たなきゃ始まらないぞ?」

「そう……ですね。改善します」

くるっと回り俺と向き合う形になる。

「シンさん。本当にありがとうございました。また、近くに来たら立ち寄ってくださいね」

「もちろん。マイも約束通り記録を頼んだぞ」

「はい」

わしゃわしゃわしゃわしゃとマイの頭を一度撫でる。

「それじゃあ、後はよろしく。クウガのことも頼んだぞ」

「くすくす、わかりました」

マイは最後にもう一度、笑顔でペコリと頭を下げてから、クウガがいる部屋に入っていった。

これでお別れは済んだかな。

俺がエリとクウガを探して外に出ると、すぐ近くにエリが待っていた。エリの頭の上にはドリが座っている。

「エリたちはお別れはいいのか？」

「はい、大丈夫です。シン様がクウガ君の所にいる間に済ませておきました」

「私も大丈夫なのですよ」

ドリは飛び上がってエリの頭から俺の肩へと移動する。エリの頭の上も定位置だが俺の肩の上も定位置になってきているみたいだな。

「ドリドリちゃんは？」

「心配ないのです。しっかりとまた分身を作ったのですよ。また危険が来たら知らせるように伝えているのです」

「そうか、それなら安心だな」

お別れも済み、やることもなくなった。次の目的地に向かうとしよう。

「エリ、ドリ。掴まって。転移するよ」

ドリは元々俺の肩にいるので、エリの手を握る。

俺はクウガたちの家を一度振り返ると、空間魔法を発動した。

馬車の近くへ戻ってきた俺たちは、さっそく乗り込んでいく。

アルノ村で譲ってもらった馬は、おとなしく俺たちのことを待ってくれていた。賢《かしこ》い馬である。

「さてと、行きますか！」

「はい！」

「いくですよ‼」

俺の気合十分な声に、エリとドリが返事をする。

料理の街を出て、一週間。

まだそれだけしか経っていないのに、異様に濃い日々を過ごした気がする。

食料難《なん》の村を救い、転生者であるミカンちゃんに会い、森にいた子供たちも救った。ドリという妖精にも出会って仲間になり、それを狙う組織を返り討《う》ちにした。

それに、初めて食べるレッドストーンバードを使った異世界料理に、異世界食材をたっぷり使った地球の料理を沢山《たくさん》作って、美味しさを確かめることもできた。本当に充実した一週間だったと思う。

当初の目的地だった魔法都市アンセルブルまでは、まだまだかかるだろうが、最初の一週間がこんなにもイベント尽《づ》くしだったことを思えば、長い長い旅も退屈しないで済みそうだ。

この先、どんな異世界食材に出会えるのか、そしてどんな料理を作れるのか。

この異世界を巡る楽しい旅は、まだ始まったばかりだ。

新《あら》たな出会いとまだ見ぬ味を求めて、俺たちは旅を再開するのだった。

あとがき

この度は文庫版『異世界で創造の料理人してます3』をお手に取っていただき、誠にありがとうございます。作者の舞風慎です。いよいよこの小説も最終巻となりました。

さて、第三巻では主人公シンと同じ境遇の異世界人が新キャラとして登場しつつ、彼らと敵対するグループとの間で繰り広げられるバトルを軸《じく》に物語が展開されていきます。

その一方で、本作の醍醐味《だいごみ》とも言える料理のシーンにも力を入れております。中でも今回は、大勢の人に食べてもらうための集団調理がメインです。読者の皆様にとって、家庭料理は馴染み深いものかと思いますが、集団調理という単語はあまり耳慣れないものでしょう。

簡単に説明すると、集団調理とは、ホテルやレストランのように短時間で大量に大人数の料理を作ることです。主食・副菜・小鉢《こばち》などの各担当者が同じタイミングで様々なメニューの調理を行うため、時間の調節にも気を使います。身近な所では、小学校や中学校などで体験した課外授業のキャンプ教室などがイメージしやすいかもしれません。

そういうわけで実は、本編で書いたように一人一人が同じ料理を作ることは、集団調理にはあまり見られない光景です。是非《ぜひ》、彼らの作る極上《ごくじょう》の料理をお楽しみください。

そのほか、第三巻では新キャラの妖精ドリちゃんが活躍します。妖精という種族らしく、可愛らしい身体から生えた翼で、元気いっぱいに空を飛び回るイメージで書きました。言動は子供っぽく、少し偉そうな感じです。私は執筆していて、主人公が偉そうに振る舞うドリちゃんをサラリとあしらう掛け合い漫才のようなシーンが、とても楽しかったです。

イラストも素晴らしく、二人のシーンを書く上で大変、参考になりました。人米様には、この場を借りて深く感謝申し上げます。


最後になりましたが、この小説をお読みいただいた読者の方々には、改めて心より謝意を捧《ささ》げます。書籍としては第三巻で終わりとなりますが、彼らの物語はまだまだWeb上では続きます。宜しければ、そちらもご覧《らん》ください。それと本作を通して、皆様が私の愛する料理というものにも関心を抱いてくださいましたら、これ以上の喜びはありません。

それでは、また、どこかで読者の皆様とお会いできれば幸いです。

二〇二〇年四月　舞風慎

ネットで人気爆発作品が続々文庫化！

アルファライト文庫 大好評発売中!!

獣人はもふもふ、スライムはプニプニ、
こわ～い魔族はゴワゴワ!?
魔物って、触り心地最高！

魔物をお手入れしたら懐かれました1

羽智 遊紀 UCHI YUKI　　illustration なたーしゃ

特殊能力「万能グルーミング」で
あらゆる魔物を手なずけよう!

異世界に転生した宝《ほう》生《しょう》和《かず》也《や》は、どんな魔物でも綺麗にする能力「万能グルーミング」を神から付与される。さっそく最初に降り立った森でスライムのお手入れに成功した和也は、その子を相棒にして、もふもふだったりプニプニだったり、様々な魔物が集まる夢の楽園を作り上げていく——。もふプニ癒し系モンスターお手入れファンタジー、待望の文庫化！

文庫判　定価：本体610円+税　ISBN：978-4-434-27418-3

アルファライト文庫

この作品に対する皆様のご意見・ご感想をお待ちしております。

おハガキ・お手紙は以下の宛先にお送りください。

【宛先】

〒150-6008 東京都渋谷区恵比寿4-20-3 恵比寿ｶﾞｰﾃﾞﾝﾌﾟﾚｲｽﾀﾜｰ 8F
(株) アルファポリス　書籍感想係

メールフォームでのご意見・ご感想は右のＱＲコードから、
あるいは以下のワードで検索をかけてください。

アルファポリス　書籍の感想　検索

ご感想はこちらから

本書は、2017年12月当社より単行本として
刊行されたものを文庫化したものです。

異《い》世《せ》界《かい》で創造《そうぞう》の料《りょう》理《り》人《にん》してます 3

舞風慎（まいかぜしん）

2020年 6月 30日初版発行

文庫編集－中野大樹／篠木歩
編集長－太田鉄平
発行者－梶本雄介
発行所－株式会社アルファポリス
〒150-6008東京都渋谷区恵比寿4-20-3恵比寿ガーデンプレイスタワー8F
TEL 03-6277-1601（営業） 03-6277-1602（編集）
URL https://www.alphapolis.co.jp/
発売元－株式会社星雲社（共同出版社・流通責任出版社）
〒112-0005東京都文京区水道1-3-30
TEL 03-3868-3275
装丁・本文イラスト－人米
文庫デザイン—AFTERGLOW
（レーベルフォーマットデザイン－ansyyqdesign）
印刷－株式会社暁印刷

価格はカバーに表示されてあります。

落丁乱丁の場合はアルファポリスまでご連絡ください。

送料は小社負担でお取り替えします。


ISBN978-4-434-27414-5 C0193